乞力马扎罗的雪

THE
SNOWS
OF
KILIMANJARO

〔美〕海明威 著

方华文 译

贵州出版集团
贵州人民出版社

图书在版编目（CIP）数据

乞力马扎罗的雪 ／（美）欧内斯特·米勒·海明威著；
方华文译. -- 贵阳：贵州人民出版社，2024.7（2025.2 重印）
　ISBN 978-7-221-18341-5

Ⅰ．①乞… Ⅱ．①欧… ②方… Ⅲ．①短篇小说—小
说集—美国—现代 Ⅳ．① I712.45

中国国家版本馆 CIP 数据核字（2024）第 097222 号

乞力马扎罗的雪
QILIMAZHALUO DE XUE

［美］欧内斯特·米勒·海明威 / 著　　方华文 / 译

出 版 人	朱文迅	
责任编辑	黄　伟	
出版发行	贵州出版集团　贵州人民出版社	
地　　址	贵阳市观山湖区中天会展城会展东路 SOHO 公寓 A 座	
印　　刷	三河市中晟雅豪印务有限公司	
版　　次	2024 年 7 月第 1 版	
印　　次	2025 年 2 月第 2 次印刷	
开　　本	787 毫米 ×1092 毫米　1/32	
印　　张	6.5	
字　　数	120 千字	
书　　号	ISBN 978-7-221-18341-5	
定　　价	46.00 元	

译　序

　　国人崇拜海明威（哪能不崇拜呢？），因为他影响了我们的生活态度，影响了我们的文风。他是个叫人热血沸腾的钢铁汉子，敢为正义的事业赴汤蹈火。1937年至1938年，他以战地记者的身份奔波于西班牙内战前线。在第二次世界大战期间，他作为记者随军行动，并参加了解放巴黎的战斗。1941年底太平洋战争爆发后，海明威立即将自己的游艇改装成巡逻艇，侦察德国潜艇的行动，为消灭敌人提供情报。1942年，德国潜艇击沉了多艘美国货运船。美国海军还未从珍珠港大战的巨大损失中恢复过来，所以不得不让一些民间志愿者开着他们自己的游艇去巡逻海岸。这些志愿者被称为"烂污海军"。他们只是进行简单的巡逻，然后通过无线电将海上的情况报告给岸上的军方。海明威以船长自称，开始在古巴海岸巡逻，一心希望看到一艘德国潜艇，然后用汤普森机枪和手榴弹将其击沉。他召集人员组织成了一支"杂牌军"，其中包括巴斯克回力球球员和百万富翁等。诺曼底登陆海明威也参加了，但军方认为他这个大人物不能受一丝一毫的损伤，所以只允许他待在船上。他们很快就明白海明威可不是一个愿意接受照顾或是听从命令的人。在跟随第二十二军团行进的过程中，海明威得到军方批准，可在朗布依埃[1]小镇开展情报搜集工作。很快，他成了一支游击队的头，他的部下有一个特工、几个法国士兵和几个普通平民，这些人对他唯命是从，恭敬地称呼他为"爸爸""上尉"，甚至是"伟大的上尉"。在人们眼中，这支非正规军就是一帮狂热崇拜海明威的匪徒，他们甚至模仿海明威的言谈举止和行事风格。随着越来越多平民与法国士兵的加入，海明威的这支非正规军逐渐扩大至几百人。海明威甚至穿着陆军上校的制服，带领他们多次加入战斗。战争结束两年之际，他被授予一枚铜质奖章。

　　海明威喜欢这种正义的"血性"，也喜欢"原始性"，他对非洲有着剪不断理还乱的情结。他曾经随狩猎队去非洲，经历了许多惊心动魄的"原始"场面，并进行了生动的描述，本书里的《弗朗西斯·麦康伯短暂幸福的人生经历》《乞力马扎罗的雪》和《一段非洲的往事》记载了他当时的见闻和见解。在《一段非洲的往事》里，他从一个小男孩戴维的角

---

[1] 一座位于巴黎西南约五十公里的小镇。

度出发，表现出对于人类与自然关系的强烈关注，揭示了人类残忍的本性，表达了创造人类与自然和谐关系的美好愿望。小说写的是一头年老的大公象在森林中被猎人朱马打伤，它的同伴由于保护它而惨遭杀戮。之后大公象每年都要冒着生命危险去同伴的遇难处凭吊。不幸的是这头大公象被戴维发现了，戴维告知了他父亲。于是，他父亲和朱马就盯上了这头大象，最后发现了它，将其枪杀。原来他们猎象的目的只是为了那两根昂贵的象牙，但在追踪的过程中，戴维渐渐对大公象产生了怜悯和同情之意。大公象没有被残忍的猎人吓倒，它向人们显示：你尽可能把我消灭掉，但就是打不败我。在生命的最后时刻，它站立着，直到支撑不住了，才轰然倒地，但眼睛却依然散发出蓬勃的生命力。在大公象身上，我们可以看到无论情况多么严重，困难多么巨大，死神多么可怕，它依然不失时机毫不妥协地进行奋斗。即使遭受挫折和失败，也绝不丧失勇气和决心。从这个意义上来讲，大公象成了坚强不屈之人的象征。这样的人物和他在名著《老人与海》中塑造的那个与鲨鱼搏斗的老人，在许多地方是相通的。

海明威虽然作品并不多，但他的小说思想性强，令人回味无穷，赢得了成千上万读者的喜爱。美国著名史学家威德勒·索普曾在《二十世纪美国文学》（北京师范大学出版社，1984年）中写道："尽管海明威的小说要隔很长时间才出版一本，但是在一本新小说出版之前几个月就已经引起了人们的争论，并且这种争论在小说出版后几个月还在继续进行。"海明威的作品大受欢迎，还有一个原因，就是其中充溢着美国人所喜欢的"阳刚之气"。正如我国学者于冬云在评论文章《对海明威的女性解读》中所言："所谓海明威的文体风格，即赫·欧·贝茨所称道的简洁、干净、含蓄、凝练。这是一种'绝不矫饰''平易粗放、街头硬汉般的文风'，他尤其擅长用'那种公牛般的、出于本能的、缺少思想的语言'来陈述他故事中的那些猎人、渔夫、斗牛士、士兵、拳击者的思想和行为。福柯认为，影响和控制语言运动的最根本因素是权力。现代社会语言学也发现男性语体是一种有力的语体，女性语体则是一种无力的语体。以此标准来重新审视贝茨一再称颂的海明威的文体风格，便不难发现在这种简洁粗硬的文风下掩盖的男性权力的特征。从早期创作开始，海明威就有意识地选择了这样一种叙事文体，并坚持使用了一生。因此，我们完全有理由说海明威的叙事文体是一种典型的男性话语方式。"

这样的一种文体对欧美大陆当时流行的"冗长、繁杂"的文风简直就是叛逆和颠覆，在一些大牌评论家的推扬之下立时犹如一阵狂风席卷大地，引起了一场"文学革命"，在许多欧美作家的身上留下了深深的痕印。海明威所尊奉的是美国建筑师密斯·凡·德·罗的名言"越少，就越多"，提出了"冰山原则"，只表现事物的八分之一，使作品趋于精练、充实、含蓄、耐人寻味，缩短了作品与读者之间的距离。海明威写作态度极为严肃，十分重视作品的修改。据说他每天开始写作时，先把前一天写的文稿读一遍，写到哪里就改到哪里。全书写完后又从头到尾改一遍，草稿请人誊清后又改一遍，最后清样出来再改一遍。他认为这样的三次大修改是写好一本书的必要条件。他主张"去掉废话"，在修改时把一切华而不实的词句删去，每一句、每一段落都要达到"精益求精"。还有人说，由于在第一次世界大战中膝盖被子弹打碎，海明威必须站着写作，久而久之形成了"永远站着"的"强硬"风格，字句也异常简练。自杀前他留下遗言，要人在他的墓碑上刻下"恕我再也不能站起来了"。不管原因如何，反正他惜墨如金，字字句句都是详细推敲的结晶。虽然没有开创一个新的文学流派，但他却是开创了一代文风的语言艺术大师。

　　海明威的作品可谓字字珠玑，读者可从中吮吸营养，大快朵颐。其中最广为人知的有《第五纵队》《丧钟为谁而鸣》《老人与海》《太阳照样升起》《永别了，武器》等。1954 年，海明威荣获诺贝尔文学奖。获奖后的海明威患有多种疾病，给他的身心造成了极大的痛苦。没能再创作出特别有影响力的作品，这更使他精神抑郁，有了消极悲观的情绪。1961 年

7月2日，蜚声世界文坛的海明威用猎枪结束了自己的生命。整个世界都为之震惊，人们纷纷叹息着这位巨人的生之悲剧。美国人民更是悲悼着这颗美国文坛巨星的陨落。在这个较少哀痛的国家，海明威何以能令举国上下"沉浸在哀痛之中"？就凭他独特的作品，就凭他那硬汉精神！海明威本人及其笔下的人物影响了整整一代甚至几代美国人，人们纷纷仿效他和他作品中的人物。可以说，他就是美国精神的化身。人们在为这种精神哭泣。

　　海明威的作品难以翻译，因为他的语言过于"含蓄"和"简练"——阅读原文尚可以"咀嚼"出其中所包含的"精神"，但翻译成其他语言，难免会"缺斤少两"。如此，便不能一味地"直译"，需用艺术的"再创造"方法辅以"意译"——其目的是不"失真"，让读者通过译文了解"海明威精神"，了解那动人魂魄的故事情节。有人说海明威作品中的词句过于"刚硬"，而"刚硬"则易折——即破碎成许许多多的"节"。翻译时应该掌握好"火候"，既要还原其"硬汉风格"，还要让读者看到一个完整的海明威。译者虽已"绞尽脑汁"，但愿不会"亵渎"海明威，不辜负读者热切的希望！

方华文

于苏州大学外国语学院

目录 / Contents

雨中的猫

　　旅馆里下榻的美国客人仅有两个。他们进出房间，上下楼时遇见的人一个都不认识。他们住的房间在二楼，面向大海。对面还有一个公园和一座战争纪念碑。公园里有参天的棕榈树，以及绿颜色的长条凳。遇到好天气，总会看到一个画家拿着画架出现在公园里。画家都喜欢这样的景色：棕榈树参天；旅馆色彩艳丽，面向着公园和大海。总有意大利人赶老远的路跑来瞻仰战争纪念碑。纪念碑是青铜铸成的，淋了雨就闪闪发亮。此时正在下雨，淅淅沥沥的雨水从棕榈树上朝下滴着。砾石路上积了一洼又一洼的水。雨幕中，海水排成一长列冲上海滩，再退回去，然后又排成一长列冲过来。停放在战争纪念碑旁广场上的几辆汽车，一辆辆都开走了。广场对面一家咖啡馆的门洞里有个服务生，正站在那儿望着空旷的广场发呆。

那个美国太太站在窗前朝外望着。在屋外的窗户根下有只猫，蜷缩在一张滴着水的绿桌子下。那只猫尽量把身子缩紧，免得让雨淋着。

"我下去把那只小猫抱回来。"美国太太说。

"还是我去吧。"做丈夫的从床上说了一声。

"不，我去吧。瞧那可怜的小家伙，躲在桌子下不愿让雨淋着。"

做丈夫的听了，又继续看他的书了，斜躺在床的一端，身后垫着两个枕头。

"可别让雨淋着。"他叮咛了一句。

做妻子的下楼去了，路过办公室时，旅馆老板急忙站起来，向她欠欠身子致意。他的桌子摆放在办公室另一头。他是个老头，身材特别高。

"天下雨了。"美国太太寒暄道。她喜欢这位旅馆老板。

"是呀，是呀，天不好。天气太糟糕了。"

老板站在桌子后边，在办公室远远的另一端，屋里光线昏暗。美国太太喜欢他，喜欢他接到投诉后表现出来的那种严肃认真的态度，喜欢他的庄重，喜欢他愿意为她服务的热情，喜欢他作为旅馆老板尽心尽职的样子，还喜欢他那张沧桑、凝重的脸以及那双大手。

就是抱着这种心情，她推开了大门，向外望去。雨势比刚才又大了些。只见一个男子身穿橡胶雨衣，经过空旷的广场向咖啡馆走去。那只猫一定在右边哪个地方。也许，她可以从房檐下走过去。正当她在门洞里盘算时，身后有人为她撑开了一把伞。原来是打扫房间的女服务员。

"可别让雨淋湿了。"服务员嫣然一笑，用意大利语说道。没说的，一定是旅馆老板派她来的。

由女服务员为她撑着伞，她沿着砾石路走去，一直走到他们那个房间的窗户根下。桌子摆在那儿，绿颜色被雨冲洗得更加鲜亮，但桌下的猫已不见了踪影。这叫她大失所望。女服务员抬头看了她一眼。

"你丢东西了吗，夫人？"

"这儿原来是有一只猫的。"年轻的美国太太说。

"一只猫？"

"是的，是有一只猫的。"

"一只猫？"女服务员哈哈笑了起来，"下雨天这里会有一只猫？"

"是的。"美国太太说，"就在这桌子底下。"接着她又说道，"啊，我太想得到它了。我想要只小猫咪。"

她时而说意大利语，时而说英语，说英语时，女服务员脸上的表情不由有些紧张。

"走吧，夫人。"女服务员说，"还是进屋里去吧，会淋湿的。"

"看来只好这样了。"年轻的美国太太说。

二人沿着砾石路返回，走进了旅馆大门。女服务员在门外停了停，将雨伞收拢。

年轻的美国太太路过办公室时，旅馆老板从桌旁站起，又冲她欠了欠身子。她心里很纠结，有一种龌龊的感觉。老板既让她觉得自己乏味得不得了，又叫她感觉自身相当了不起。一时间，她产生了一种情绪，觉得自己是个极为了不起的人物。待她上了楼，打开房间的门，见乔治正躺在床上看书。

"抓到那只猫了吗？"他放下手里的书问。

"不见啦。"

"会跑到哪里去呢？"他说。他看书看累了，趁机休息下眼睛。

她一屁股坐在了床上。

"我太想要那只猫了。"她说，"我也不知道为什么，反正我非常想要。我想得到那只可怜的小猫咪。叫一只小猫咪在外边淋雨，可不是什么好玩的事。"

乔治又继续看他的书了。

她走过去，走到梳妆台的镜子前，借助手镜打量起镜中的自己。她观看自己的侧影，看看这边又看看那边，然后又端详自己的后脑勺以及脖子。

"我把头发留起来，你看这想法是不是很好呢？"她问，一边又观赏起自己的侧影来。

乔治抬头看了看，见她脖后的头发很短，像男孩的头发一样短。

"这种样子我挺喜欢的。"

"这发式我都烦了。"她说，"老看上去像个男孩子，让人都烦了。"

乔治在床上换了个姿势。妻子开口说话时，他的眼睛就一直没有离开过她。

"你这样子看上去是非常漂亮的呀。"他说。

她将手镜放到梳妆台上，然后走到窗前向外张望。外边的天色正在变黑。

"我想留长发，梳拢，在后面打一个大发髻，可以时不时摸一摸。"她说，"我想有只小猫咪，让它卧在我的膝上，一摸它就喵喵叫。"

"是吗？"乔治在床上说。

"我想吃饭时用自己的银质餐具，点上蜡烛。我想现在就是春天……我想坐在镜子前梳头发……我想要只小猫咪……我想要几件新衣服。"

"好啦，别说了，你还是找本书看看吧。"乔治说完，又埋头看书了。

他的妻子将目光投向窗外。天已经黑透了，仍在下雨，雨水落在棕榈树上。

"不管怎样，我就是想要只猫。"她说，"我就是想要只猫，现在就想要。既然不能留长发，又没有什么好玩的，要只猫总可以吧。"

乔治没理会她，仍在看自己的书。他的妻子朝窗外望着，见广场上亮起了灯。

这时，响起了敲门声。

"请进。"乔治说，同时把眼睛从书上抬了起来。

那个女服务员出现在了门道里，怀里抱着一只三色大猫。那只猫在她怀里挣扎着，被她抱得紧贴在身上。

"打搅了。"她说，"这是老板让抱来的，是送给夫人的。"

艾略特夫妇

艾略特两口子想生个孩子，为之付出了很大的努力。他们一次次地尝试，只要艾略特夫人能受得了就不停止。他们婚后在波士顿尝试，即便乘船在海上航行也不放松。乘船时尝试的次数倒不是很多，因为艾略特夫人晕船晕得厉害。一上船就晕，晕了就呕吐——南方女人都一个样。美利坚的南国女子就是这么一种状况。艾略特夫人也别无二致，晕船晕得稀里哗啦，立刻就垮掉了，可能是因为夜间航行，白天起得太早的缘故吧。船上许多乘客都错把她当成艾略特的妈妈了。知道他们是夫妻的人则以为她怀孕了。其实，她才不过四十岁而已。一出来旅行，她突然就显出了老相。

以前，她显得非常面嫩。实际上，艾略特跟她喜结连理时，她显得年轻极了，根本看不出她的岁数。艾略特是在她工作的那个茶馆和她相识的，交往了很长一段时间后，一天晚上他吻了她，再经过几个星期的追求，最后两人步入了婚姻的殿堂。

结婚时，休伯特·艾略特正在哈佛大学读法学专业的研究生。他是个诗人，每年有近一万元的进项。他擅长写长诗，写起来一挥而就。他当时二十五岁，在和艾略特夫人结婚之前，从未跟任何女人上过床。他洁身自好，准备把纯洁的心和身体献给妻子——他渴望从妻子那儿得到同样的回报。他称这种生活为"过本分日子"。在亲吻艾略特夫人之前，他跟各种各样的姑娘相恋过，或迟或早都会告诉对方，说自己要过的是洁净无瑕的生活。几乎所有的姑娘一听，都对他失去了兴趣。姑娘们明明知道一些男子不检点，乱七八糟的，却愿意跟他们私订终身，以身相许，这叫他万分愕然。一次，他试图告诫自己认识的一位姑娘，说她爱的男子在学校里劣迹斑斑，对此有证据可查，结果讨了个没趣。

艾略特夫人的闺名叫科妮莉亚。她却让他称她为卡鲁蒂娜——这是她在南方家中用的小名。婚后，他带着科妮莉亚回家探亲，妈妈见了竟然哭了起来，待到得知新婚宴尔他们要到海外定居时，便破涕为笑，喜色满面。

当他告诉科妮莉亚，说他为了她一直保持着清白之身时，科妮莉亚说了声"你真是个可爱的小男孩"，把他搂得更紧了。科妮莉亚本人也守身如玉。"再亲亲我！"她这样说道。

休伯特向她透露，说他亲吻的技巧还是听一个伙计讲故事，从中学到的。他热衷于实践，于是二人乐此不疲，令这门技巧愈加娴熟。有时他们热吻，一吻就是很长时间。这时，科妮莉亚会让他重申：他保持着清白之身全是为了她。他的重申往往又会叫她激情勃发。

起初，休伯特并无娶她之心。他从未有过与她结婚的念头。他们俩不过是好朋友罢了。一天，科妮莉亚的闺密在茶馆的前厅待客，他们俩跑到后边的小房间里跟着留声机的音乐跳舞。跳着跳着，她抬起头凝视着他的眼睛，于是他就吻了她。他记不起他们是何时决定结婚的——反正二人结了百年之好。

他们的新婚之夜是在波士顿一家旅馆里度过的。二人都有点失望。最后，科妮莉亚睡着了。休伯特难以入睡，于是三番五次跑出去，穿着那件专门为蜜月旅行新买的毛织品浴袍，在旅馆的走廊里来回踱步。他看见各个房间的门外都摆放着形形色色的鞋，有大的，也有小的，不由心跳不止，急忙回到自己房间里，可是科妮莉亚却在呼呼大睡。他不愿叫醒她。不一会儿，他的心归于平静，接着便安然入梦了。

翌日，二人前去探望了他的母亲。第二天，夫妻俩启程，远航欧洲了。他们渴望要一个孩子，这是他们的天字号愿望，原本可以在船上努力实现的，只可惜科妮莉亚不能进行多次尝试。他们是在瑟堡[1]登陆的，然后来到了巴黎。在巴黎，他们又进行了尝试，想怀上孩子。后来，他们决定到第戎[2]去，那儿开了个暑期班，和他们同船而来的乘客有好几个都去上那个班了。到了第戎，他们发现自己无事可做。幸亏休伯特创作了许多诗歌，于是科妮莉亚便为他打字。那些诗全都长得要命。他又是个严苛的人，不允许出错，一旦打字时出现一个错误，她就得把整整一页重新打一遍。为此，她流过不少眼泪。在离开第戎之前，他们又屡屡尝试，想把孩子怀上。

末了，他们返回巴黎，他们在船上的旅伴也大多回到了这里。大家对第戎都感到厌倦了。反正他们现在可以吹牛了，说他们离开美国的大学（或哈佛大学，或哥伦比亚大学，或沃巴什大学）跑到法国的柯多尔省，在该省的第戎大学曾经学习过。如果郎格多克[3]、蒙彼利埃[4]或佩皮尼昂[5]有大学的话，他们当中有许多人情愿到那些地方去。不过，话又说回来，那些地方太远了。第戎距离巴黎只有四个半小时的车程，而且火车上还设有餐厅。

---

[1] 法国西北部重要的军港和商港。
[2] 法国东部城市。
[3] 法国南部的一个地区，原为法国南部一省，现为一大区之部分。
[4] 法国南部城市。
[5] 法国南部城市。

现在回到巴黎，大家齐聚圆顶屋咖啡馆。他们尽量不去街对面的罗敦德咖啡馆，因为那儿人满为患，外来客太多。热闹了几天之后，艾略特夫妇通过纽约《先驱报》上登的一则广告，在都兰租了一座别墅。此时，艾略特已结交了一些朋友，那些人很欣赏他的诗。艾略特夫人说服丈夫寄信波士顿，邀请她在茶馆的那位闺密来陪她。闺密来后，艾略特夫人的情绪好多了。二人喜相逢，洒下了不少相思泪。闺密比科妮莉亚大几岁，一声一声地叫她"宝贝"。她也出身于一个古老的南方世家。

他们三人，再加上艾略特的几个朋友（那些朋友叫他休比[1]），大家一起来到了都兰的别墅。他们发现都兰一马平川，天气炎热，很像美国的堪萨斯。此时，艾略特创作的诗歌差不多够出一部诗集了。他准备把诗集在波士顿推出，已经给出版商寄了支票，并签了合同。

没过多长时间，那些朋友陆陆续续回巴黎去了。都兰没有他们初来时感觉的那么好玩了。朋友们一哄而散，跟一个有钱的未婚年轻诗人跑了，跑到特鲁维尔[2]附近的海滨度假地去了，在那儿玩得非常开心。

艾略特继续留在都兰的别墅里，因为他的租期是整整一

[1] 休伯特的昵称。
[2] 法国卡尔瓦多斯省的一个市镇。

个夏天。在热烘烘的大卧室里，躺在一张巨大的硬床上，两口子进行了艰苦卓绝的努力，一心想要怀上孩子。艾略特夫人在学习打字的指法，可她发现用学到的指法倒是能够加快速度，可出错率却增加了。实际上，现在所有的稿件都由她的闺密负责打印。闺密打字干净利落，效率高，而且乐在其中。

艾略特喜欢上了喝白葡萄酒，独自住一个房间。他夜间熬夜写诗，白天倦容满面。艾略特夫人和闺密睡在那张中世纪大床上，常常多愁善感地洒几滴眼泪。傍晚时分，三人到花园里坐在一棵法国梧桐树下共进晚餐。艾略特喝着白葡萄酒，艾略特夫人则和闺密谈天说地，日子过得倒是相当滋润。

一个干净明亮的地方

　　天色已晚，咖啡店里人去屋空，只剩下了一个老人坐在树叶挡住的路灯灯影里。白日里，街上尘土飞扬，而晚间降了露水，尘土就落下去了。老人喜欢在咖啡店里独坐到很晚，因为他耳聋，晚间清净，他会有不同的感受。店里的两个侍者知道老人有点醉了。老人固然是个好顾客，但他们知道万一他喝得酩酊大醉，走时可能会忘记付账，于是二人就在跟前盯着他。

　　"上星期他差点自杀。"一位侍者说。

　　"为什么？"

　　"绝望了呗。"

　　"为什么绝望？"

　　"什么也不为。"

"你怎么知道什么也不为？"

"他有许多的钱。"

两个侍者坐在墙跟前的一个座位旁，靠近咖啡店大门，不住眼张望着阳台。阳台上的桌子全空了，只有老人独自坐在随风摇曳的婆娑树影里。一个姑娘和一个士兵从街上走过。路灯的灯光洒在士兵领子上的号码铜牌上。姑娘没戴帽子，步履匆匆地跟在他身旁。

"宪兵会把他抓起来的。"一个侍者说。

"如果得到了自己追求的人，抓起来又有什么关系？"

"他最好别在街面上待，不然宪兵会抓他的。这儿五分钟前还有宪兵走过呢。"

此时，坐在阴影里的老人用玻璃杯碰了碰茶托。年纪较轻的侍者见状走了过去。

"你需要什么？"

老人看了看他，说："再来杯白兰地。"

"你会喝醉的。"侍者说。

老人瞥了他一眼。后者便抽身离去了。

"他会泡上一夜的。"这位侍者对他的同事说，"我的眼皮子都打架了。我从没在三点之前睡过觉。他上个星期自杀，死了就好了。"

他从店里的柜台取过一瓶白兰地和一个茶托，大步走向老人的桌子，放下茶托，给对方的杯子斟满了白兰地。

"你上个星期自杀，死了就好了。"他冲着耳聋的老人说。
老人伸出一个手指，摆了摆说："再加一点。"侍者又给他
加了许多酒，弄得酒液外溢，顺着杯子朝下淌，流进了摞在
最上面的茶托里。老人说："多谢。"侍者拎起酒瓶，回到
了店里，在同事身旁坐了下来。

"现在他可是喝醉了。"他说。

"他每天晚上都喝醉。"

"他为什么想自杀呢？"

"我怎么知道？"

"他是怎么自杀的？"

"用绳子上吊。"

"是谁把他放下来的？"

"他侄女。"

"为什么放他下来？"

"怕他的灵魂得不到解救。"

"他有多少钱？"

"多得很。"

"他一定有八十岁了。"

"要让我说，他该有八十岁了。"

"真希望他赶快回家去。我都没有三点之前睡过觉。那

么晚才睡，该是什么滋味！"

"他熬夜不睡觉，那是因为他喜欢这样。"

"他孤独呗。我可不孤独。家里有个老婆在床上等我呢。"

"他以前也有老婆的。"

"现在有老婆，对他就没什么意思了。"

"这可说不来。有个老婆，他的境况也许会好一些。"

"他有侄女照顾呢。你刚才说是她把他从吊绳上放下来的。"

"这我知道。"

"我可不愿活那么长。老了就邋里邋遢的。"

"并不一定。这个老人就干干净净的。他喝酒从不把酒洒出来。即便现在喝醉了也是这样。你可以瞧瞧嘛。"

"我才不愿看他呢，我只希望他赶快回家去。人家还得工作呢，他一点也不为还得工作的人考虑。"

老人将目光从酒杯移开，看了看广场，然后又看了看这两位侍者。

"再来一杯白兰地。"他指了指酒杯说。急着回家的那个侍者走了过去。

"完事了。"他说。这话说得缺乏文法，属于大老粗对醉汉或外国人说话的那种方式。"今晚够了。要打烊了。"

"再来一杯。"老人说。

"不行。完事了。"侍者用毛巾擦着桌沿，一边摇了摇头。

老人站起身，慢条斯理地数了数茶托，从衣袋里取出一个装硬币的皮夹子，付了酒钱，留下半个比塞塔[1]作为小费。

侍者目送他走上大街——一个年迈的老人，脚步不稳，但气质不凡。

"你为什么就不能让他再待待，再喝上一杯呢？"那个不急着回家的侍者问。说话间，二人正在关门窗。"还不到两点半呢。"

"我想回家睡觉。"

"迟睡一个小时又算什么？"

"对他不算什么，对我就不一样了。"

"反正就是一个小时的时间嘛。"

"你说得好像你也七老八十了一样。他可以买瓶酒回家喝啊。"

"那是不一样的。"

"是的，是不一样。"家里有老婆的侍者同意了对方的说法。他并不想以不公正的态度待人，只是急着回家罢了。

"你呢？还没到时间就回家，你就不怕吗？"

"你是不是想损我？"

---

[1] 西班牙及安道尔在 2002 年欧元流通前所使用的法定货币。

"哪里的话，伙计。只不过开个玩笑嘛。"

"我没什么可怕的。"急着回家的侍者说，一边拉下金属卷门，随后站起了身，"我是有底气的，完全有自信心。"

"你有青春，有底气，有工作，应有尽有呀。"年纪稍大的侍者说。

"你缺什么？"

"除了工作什么都缺。"

"我有的你也都有呀。"

"错了。我从来就没有过底气，而且我也不年轻了。"

"好啦，别说些不着边的话了。快把门锁上吧。"

"我属于那种喜欢在咖啡店泡到很晚的人。"年纪稍大的侍者说，"我喜欢跟那些不愿意睡觉的人在一起，喜欢跟那些夜间需要灯光的人在一起。"

"我是想回家睡觉去了。"

"你我不是一类人呀。"年纪稍大的侍者说。此刻，他已在更衣准备回家了。"虽然青春和自信心是非常美好的东西，但此处并不仅仅涉及这些因素。每天夜间我都不愿关店门，觉得很可能会有人需要来喝上一杯。"

"伙计，他们可以去通宵营业的店呀。"

"你不懂。这家店环境干净，令人愉悦，明明亮亮的。这儿灯光充足，还有婆婆的树影。"

"再见。"年轻侍者说。

"再见。"年纪稍大的侍者说。他一边关电灯，一边自言自语着。灯光固然重要，但干净和令人愉悦的环境也是必需的。你不需要音乐，当然不需要音乐了。你不可能带着自尊站到吧台前，虽然这种时辰也只有自尊跟你相伴了。有什么害怕的呢？其实这不是害怕，也不是恐惧。这是他所熟悉的一种虚空感。万物都是虚空的，就连人也是虚空的。在这个虚空世界里，需要有灯光，还需要一个干净、整齐的环境。有的人生活在其中，却感觉不到。他知道 nada y pues nada y nada y pues nada[1]。名字是虚空，国家是虚空，意志也是虚空，虚空中套着虚空。日常生活是虚空，芸芸众生是虚空，我们从虚空走向虚空，再转移向另一个虚空。欢呼吧，虚空，让世界充满虚空，愿虚空与你同在。冥想期间，他笑盈盈地站在一个吧台前，台上放着一个亮光闪闪的气压咖啡机。

"你要什么？"酒吧招待问。

"虚空。"

"Otro loco m ás[2]."酒吧招待嘟哝了一句，就把身子转开了。

"来一小杯吧。"侍者说。

---

[1] 西班牙语。意为"虚空，虚空，除了虚空还是虚空"。
[2] 西班牙语。意为"又是一个神经病"。

酒吧招待给他倒了杯酒。

"灯光非常明亮，环境令人愉悦，只是吧台应该擦得再亮一些。"侍者说。

酒吧招待瞥了他一眼，但没有搭腔。夜已深，不适合交谈了。

"想再来一杯吗？"酒吧招待问。

"不了。谢谢。"侍者说完走了出去。他不喜欢酒吧，也不喜欢酒馆。一个干净、明亮的咖啡店可就完全不一样了。他没再多想，他要回自己的房间去了。他要躺在床上，天亮时分他总会入睡的。他对自己说："没什么了不起的，只不过是失眠症罢了。失眠的人肯定多着呢。"

在密歇根州北部

　　吉姆·吉尔摩从加拿大来到霍顿斯湾，从霍顿老头手中把铁匠铺买了下来。吉姆矮矮的个子，皮肤黝黑，大胡子，大手。他是个钉马掌的行家，可即便系上皮裙，他也不大像个铁匠。他歇宿于铁匠铺楼上，就餐于迪·吉·史密斯家。

　　莉兹·科茨为史密斯家干杂活。史密斯夫人是个大块头女人，酷爱干净。说莉兹·科茨是她所见过的最整洁的姑娘。莉兹有两条漂亮的腿，腰间总系着干干净净的条纹棉布围裙。吉姆注意到她头后的发辫总是一丝不乱。他喜欢她的脸，因为那张脸上荡漾着欢乐，可是对她这个人心里却没多想。

　　莉兹对吉姆喜欢得不得了。她喜欢他从铁匠铺走过来的样子，于是常跑到厨房门口，等着看他沿大路走过来。她喜欢看他的大胡子，喜欢他微笑时露出的一口白牙。就连他看上去不像个铁匠，以及史密斯夫妇对他有好感，也让她喜欢。一天，吉姆在屋外的洗脸盆里擦身子，她看到他胳膊上的毛是黑的，而没有被太阳晒黑的上半部分十分白，她发现这竟然也让她感到喜欢。这种莫名的喜欢叫她觉得挺可笑的。

霍顿斯湾是个小镇，只有五户人家，镇上的一条大路，一头通达博伊恩市[1]，另一头通向沙勒沃伊[2]。镇上有座房屋，既是杂货铺又是邮局，有个高高的假门脸，或许门前还会停放一辆大车。那五户人家是史密斯家、斯特劳德家、迪尔沃思家、霍顿家以及范·胡森家。这些住家坐落于一大片榆树林中。那条大路是条沙土路，路两边是农田和树林。顺着大路朝前走是卫理公会教堂，相反的方向则是所镇办学校。铁匠铺用油漆漆成了红色，和学校面对面。

一条陡峭的沙土路顺山而下，穿过树林，直达港湾。从史密斯家的后门眺望，目光越过延伸向山脚下湖边的林木，可以看到港湾对面的景色。春夏两季，这儿风光旖旎，港湾湛蓝湛蓝，阳光明媚，从沙勒沃伊和密歇根湖那边吹来的微风会在岬角后的湖面上掀起朵朵白浪。从史密斯家的后门口观景，莉兹看得到运矿石的驳船行驶在湖面上，朝着博伊恩市开去。眼睛望着那些驳船，它们好像一动不动。可是，如

---

[1] 美国密歇根州的一座城市。
[2] 美国密歇根州的一座港口城市。

果进厨房擦干净几个碟子再走出来看，驳船就不见了踪影，消失在了岬角后。

　　莉兹心里无时无刻不在想着吉姆·吉尔摩，可是对方似乎对她并不十分上心。他老是跟迪·吉·史密斯谈铁匠铺的事，谈共和党，谈詹姆斯·吉·布莱恩[1]。晚上，他则凑在前厅的灯下读《托莱多刀锋报》和《大潮流报》，要不然就提着灯和迪·吉·史密斯一道去港湾里叉鱼。秋天，他则随史密斯、查利·怀曼赶着大车，带上帐篷、干粮、斧子、步枪以及两条狗，前往范德比尔特那边的松树平原猎鹿。在他们出发之前，莉兹和史密斯夫人为他们准备吃的，要忙活四天。莉兹原本想特地为吉姆做了些东西带去路上吃，却最终没有如愿，因为她不敢问史密斯夫人要鸡蛋和面粉，假如自己去买了食材来，做的时候又怕被史密斯夫人看见。其实，史密斯夫人是不会计较的，可莉兹就是不敢。

　　吉姆去猎鹿期间，莉兹老想他。他这一走，时间可真是难熬呀。由于思念他，她觉也睡得不香了。不过，她发现正是因为想他，生活也有了乐趣。听之任之，日子倒是挺好的。他们回来的头一天晚上，她彻夜未眠，其实是她认为自己彻夜未眠——她魂游梦乡，分不清自己究竟睡着了没有。看见

---

[1] 詹姆斯·吉·布莱恩（1830—1893），美国共和党议员，曾于1884年竞选总统。

大车沿着大路驶来,她心里翻江倒海,忐忑不安,有一种急不可耐的心情。直到看见吉姆,她的心才安宁下来。看来,吉姆一回来,万般忧虑都烟消云散了。大车停在了外边那棵大榆树下,史密斯夫人和莉兹迎了出去。男人们满脸胡须,大车后面装着三只鹿,细细的鹿腿从车厢边硬邦邦地戳了出来。史密斯夫人吻了吻迪·吉,后者则给了她一个拥抱。吉姆说了声"你好,莉兹",然后咧嘴一笑。事先,莉兹并不知道吉姆回来后会出现什么情况,但她觉得一定会发生什么事。可是,什么事也没发生。男人们回家了,仅此而已。吉姆把蒙在鹿身上的粗麻袋片取掉,莉兹朝车上瞅了一眼。有一只鹿是大个头公鹿,已经僵硬了,从车上卸下来时费了些气力。

"这只是你打的吗,吉姆?"莉兹问。

"是的。漂不漂亮?"吉姆说着,把公鹿扛到背上,扛到熏制室里去了。

晚上,查利·怀曼留在史密斯家吃饭,由于天色已晚,回不成沙勒沃伊了。男人们擦洗完,来到前厅等着吃饭。

"酒罐里还剩下一些酒吧,吉米[1]?"迪·吉·史密斯问。吉姆听了,便到停放在谷仓里的大车那儿,去取狩猎路上带

---

[1] 吉姆的昵称。

的那个威士忌酒罐。酒罐能装四加仑，罐底还有不少酒液在晃荡。回屋的路上，吉姆美美地喝了一大口。酒罐太大，把它举起来喝酒绝非易事。一不小心，一些威士忌酒液流到了他的衬衫前襟上。那两个男人见他抱着酒罐进来，不由会心一笑。迪•吉•史密斯让取酒杯来，莉兹应命去取了来。迪•吉斟满了三大杯。

"来，为你干杯，迪•吉！"查利•怀曼说。

"为那只大公鹿干杯，吉米！"迪•吉说。

"为所有没被打中的猎物干杯！"吉姆说完，把杯里的酒一饮而尽。

"男子汉就应该喝这样的酒。"

"真是一杯解千愁呀。"

"再来一杯怎么样，伙计们？"

"祝你万事如意，迪•吉！"

"祝大家万事如意，伙计们！"

"为明年干杯！"

吉姆开始有了腾云驾雾的感觉。他喜欢威士忌的味道，喜欢畅饮威士忌的那种感觉。回家真好——这儿有舒服的床、热腾腾的食物，有那个铁匠铺。他干完一杯后，又来了一杯。男人进餐厅吃饭时，一个个兴高采烈，但不失风度。莉兹把饭菜端上来，也坐在桌旁跟大家一起进餐。饭菜的味道喷香，男人们吃圆了肚子。饭后，他们又回到了前厅，而莉兹和史密斯夫人清理桌面。忙活完，史密斯夫人上楼休息去了。不一会儿，史密斯走出前厅，也上楼去了。吉姆和查利仍在前厅闲坐。莉兹坐在厨房里炉子旁边，假装在看书，心里却净在想吉姆。她不甘心就这么去睡觉，觉得吉姆早晚会从前厅出来的，想着趁他出来最后看他一眼，之后带着对他的思念上床睡觉。

　　就在她苦苦把吉姆千思万想之时，吉姆从前厅出来了。他双眼闪着亮光，头发有点凌乱。莉兹没抬眼睛，把目光盯在书上。吉姆步上前，站在了她的椅后。她可以感觉到他的呼吸。后来，他把她抱在了怀里。在他的抚摩下，她感到胸脯发胀，乳头挺立了起来。她吓得魂魄都没有了，因为还没有男人摸过她呢。同时，她也有一丝庆幸，心想："他终于来找我了。这是千真万确的。"

　　由于害怕，她身体变得发硬，真不知如何是好。吉姆搂紧她，使她紧贴椅背，吻了她一口。随之而至的是一种剧烈的疼痛感，一种受伤害的感觉，她觉得自己快受不了了。透过椅背，她感觉得到吉姆，一时间都快崩溃了。而就在这时，她的内心咔嗒响了一下，随之便有了温暖的感觉，缱绻的柔情。吉姆搂紧她，让她紧贴椅背，而此刻的她渴望得到吉姆的拥抱。吉姆悄声说："走，咱们出去走走。"

　　莉兹从厨房的衣钩上取下外套，两人厮跟着出了门。吉姆用一只胳膊搂住她的腰。他们走几步路就要停下来，搂一搂抱一抱。吉姆不断地吻她。天上没有月亮，他们走在路上，沙土有脚踝深，穿过树林，一直走到港湾旁的码头和库房那儿。湾里的水轻轻拍打着码头的木桩，港湾对面的岬角黑黢黢地矗立在那儿。天气寒冷，但是和吉姆在一起，莉兹感到浑身热乎乎的。二人走到仓库的遮檐下坐了下来。吉姆把她拉到怀里。她害怕了。吉姆把一只手伸进她怀里摸她的胸脯，另一只手搭在她的膝上。她惊魂难定，不知接下来会出现什么情况，可是身子却偎紧了他。她觉得搭在她膝上的那只手大极了。后来，那只手移到了她的腿上，接着便顺着腿朝上摸。

　　"别这样，吉姆！"她说。吉姆没理会，那只手继续朝上摸。

　　"你不能这样，吉姆。你不能这样。"

　　可是，无论是吉姆还是吉姆那只大手，对她的央求都没有加以理会。地板很硬。吉姆已经掀起了她的衣服，对她有所图谋。她心里又害怕又渴望。她必须实现心愿，同时又感到心惊肉跳。

　　"你不能这样，吉姆。你不能这样。"

　　"我必须这样。我要做的。你也知道不做是不行的。"

　　"不，不能这样，吉姆。不该这样。这样做是不对的。

哎哟，那东西太大，把我弄疼了。不能这样。哎哟，吉姆。吉姆，哎哟。"

　　码头的铁杉木板已经破损，又冰又硬。吉姆重重地压在她身上，对她的伤害已经造成。她觉得难受，浑身痉挛，推了一把吉姆。吉姆竟然呼呼大睡起来，一动不动。她挣扎了几下，总算从吉姆身下挣脱了，然后拉了拉裙子和衣服，用手指梳理了一下头发。吉姆仍在大睡，嘴巴微张。她俯下身子，吻了吻他的脸颊。他没醒，仍在梦乡。她把他的头朝上抬了抬，摇了摇。他脑袋一歪，转了过去，咽了一口口水。她不由潜然泪下，举步走到码头边，望了望脚下的水。轻雾从港湾那儿冉冉升起。她身上发冷，心里一阵悲哀，觉得一切都完了。她回到吉姆躺着的地方，又摇了摇他，想把他摇醒。

　　她流着泪说："吉姆，吉姆，求求你了，快醒醒。"

　　吉姆仅仅动了动，身子蜷缩成了一团。她脱下外套，俯身给他盖上，然后为他掖好，动作麻利、细心。接着，她穿过码头，走上陡峭的沙土路回家睡觉去了。轻雾带着寒意从港湾升起，弥漫在树林里。

世界的光

酒保见我们进门，抬头扫了我们一眼，急忙伸手把玻璃罩罩在了两碗免费菜肴[1]上。

"给我来杯啤酒。"我说了一声。他打开啤酒桶的龙头放了一杯，用抹刀刮掉上面的一层泡沫，然后将酒杯端在手中。我把五分镍币放在吧台上，他这才将啤酒杯推给了我。

"你要什么？"他对汤姆说。

"啤酒。"

他放了一杯，刮掉泡沫，见汤姆付了钱，才把酒杯推给了他。

"怎么啦？"汤姆问。

---

[1] 西方的小饭店在当时常常摆出免费菜肴以招徕顾客。

酒保没吱声，从我们头顶上方望去，冲着一个刚进门的汉子问道："你要什么？"

"黑麦威士忌。"那汉子说。酒保摆出一瓶酒和酒杯，另外还有一杯水。

汤姆一伸手，把免费菜肴碗上的玻璃罩拿掉。原来是一碗腌猪蹄，里面还有一件木质食具，样子像剪刀，末端有两个木叉，用来叉猪蹄吃。

"这可不行。"酒保说完，将玻璃罩又盖回了碗上。汤姆却将剪刀一样的木叉拿在了手里。"放回去。"酒保说。

"去你的吧。"汤姆说。

酒保把一只手伸到吧台下，对我们俩怒目而视。我把五毛钱放到吧台上，他这才把弯下去的腰又挺直了。

"你要什么？"他问。

"啤酒。"我说。他揭开了两个碗上的玻璃罩，然后去放啤酒。

"这他妈的猪蹄子是臭的。"汤姆说完，呸一口把吃到嘴里的肉吐到了地上。酒保没吱声。那个刚进门的汉子把黑麦威士忌喝完，付了账，头也不回地走了。

"你自己才是臭的呢。"酒保说，"你们这帮无赖全都臭烘烘的。"

"他说咱们是无赖。"汤姆对我说。

"好啦。"我说，"咱们走吧。"

"你们这帮无赖快滚蛋吧。"酒保说。

"我说过要走的。"我说，"不是你撵我们走就走。"

"我们还会再来的。"汤米[1]说。

"不，你们可别来了。"酒保冲着他说。

"瞧他犯了多大的错。"汤姆对我说。

"快走吧。"我说。

到了外边，感觉很好。天色已经黑了下来。

"这鬼地方是哪儿？"汤姆问。

"我也不知道。"我说，"咱们还是到车站去吧。"

我们是从一个方向进的城，现在则从另一个方向出城。四处飘散着皮革味、树皮味，以及大堆大堆的锯末散发出的气味。进城时，天擦黑，而此时天已黑透。空气寒冷，路上有水洼，水洼边的水都结了冰。

车站有五个烟花女子在等火车进站，另外还有六个白人和四个印第安人。候车室里显得很拥挤，炉子烧得热烘烘的，烟雾缭绕。我们进屋时，没有人说话，售票窗的窗口关着。

"请把门关上，好不好？"有个人说。

我张目望去，想看看说话的是何人。原来是那几个白人

---

[1] 汤姆的昵称。

男子当中的一个在发声。他下穿沾着木屑的裤子，脚蹬伐木工橡胶鞋，上身穿的是方格厚呢衣，跟另几个人装束一样，只是没戴帽子，脸色发白，两只手又白又瘦。

"你到底关不关呀？"

"当然要关。"我说完把门关上了。

"谢谢。"他说。

那些人当中，有一个扑哧笑了，对我说："你跟厨子拌过嘴吗？"

"没有。"

"那你可以跟这个厨子拌拌嘴。"他说着用眼瞅了瞅那位"厨子"，"他喜欢跟人拌嘴。"

那个厨子把脸别开不去看他，嘴唇绷得紧紧的。

"他把柠檬汁涂在手上，"那人说，"死也不愿把手放进水里洗碗。你瞧瞧，这手多白。"

一个烟花女子哈哈笑出了声。我一辈子都没见过块头这么大的烟花女子，也没见过块头这么大的良家女。她身穿一套能变色的绸缎服装。另两个烟花女子也同样身躯庞大，不过，发笑的这位论体重一定有三百五十磅。你看她的时候，简直都不敢相信她是个有血有肉的真人。她们三个穿的都是能变色的绸缎服装，并排坐在凳子上，块头大得似小山。另外两个看上去与普通妓女无异，金色头发都用化学试剂漂染过。

"诸位瞧瞧他的手。"那位调侃的男子一边说，一边冲着厨子摇头晃脑。

大块头烟花女子又哈哈大笑起来，笑得浑身颤抖。

厨子转过身来，用急速的语调对她说："你这个让人恶心的肥婆娘！"

大块头仍大笑不止，浑身颤抖着。

"哎呀，我的基督呀！"她的声音很好听，"哎呀，我可爱的基督呀！"

另两个烟花女子，一对大块头，却一声不吭，表现得文文静静，就好像没感觉似的。不过，虽说她们表现得文雅，块头却太大了，跟身躯最为庞大的那个差不了多少。她们少说也有两百五十磅，一个个装得很体面的样子。

那几位男子，除了厨子和那个调侃的，还有两个伐木工，一个在听，兴趣盎然的，但很是腼腆，另一个则跃跃欲试，似乎想插话。这群人里还有两个瑞典人。两个印第安人坐在长凳另一头，还有一个靠墙根站着。

那个想插话的男子用非常低的声音对我说："骑在上面，就像躺在干草堆上。"

我听了笑得肚子疼，把这话传给了汤米。

"我对天发誓，我可从来没有睡过这样的干草堆。"汤米说，"你瞧瞧她们三个的身段！"

此时只听厨子问道："你们二位多大了？"

"我九十六，他六十九。"汤米说。

"哈！哈！哈！"大块头烟花女子又爆发出一阵笑声，浑身
颤抖着。她的声音的确非常好听。另两个女子却面无笑意。

"喂，你就不能正经点吗？"厨子诘问，"我问你话可
是客客气气的。"

"我们俩一个十七岁，一个十九岁。"我说。

"你这是咋啦？"汤米转过头来问我。

"没什么。"

"你们叫我爱丽丝好啦。"大块头烟花女子说完又笑得
浑身颤抖。

"这是你的名字？"汤米问。

"当然喽。"她说。"就是叫爱丽丝，对不对？"她转
身问坐在厨子旁边的那个男子。

"是叫爱丽丝。一点不错。"

"你就应该有这样的名字。"厨子说。

"这是我的真名。"爱丽丝说。

"敢问另两位姑娘的芳名？"汤米问。

"一个是黑兹尔，一个是埃塞尔。"爱丽丝说。黑兹尔
和埃塞尔嫣然一笑。她们俩都不十分机灵。

"敢问你的芳名？"我对其中一个金发女说。

"弗朗西斯。"她说。

"弗朗西斯什么？"

"弗朗西斯·威尔逊。你问这干什么？"

"你的芳名呢？"我问另一位金发女子。

"得啦，别太放肆了。"对方说。

"他只不过想让大家交个朋友。"那位调侃男说，"难道你不想交朋友吗？"

"不想。"用化学试剂染过头发的这位女子说，"不想跟你们交朋友。"

"简直就是个小辣椒。"调侃男说，"一个地地道道的小辣椒。"

这位金发女瞅了瞅另一位金发女，口中骂了一句："真是个土包子。"

爱丽丝又哈哈大笑起来，笑得浑身颤抖。

"没什么滑稽可笑的。"厨子说，"你们就知道笑，但没什么滑稽可笑的。你们这两个小伙子，准备到哪儿去呀？"

"你这是要到哪儿去？"汤姆反问道。

"我要去凯迪拉克[1]。"厨子说，"你们去过吗？我妹

---

[1] 美国密歇根州的一座城市。

妹住在那里。"

"他本人也是个小妹妹。"裤子上沾有木屑的那个男子说。

"你说话能不能别这么阴阳怪气的？"厨子问，"大家就不能说些正经话吗？"

"凯迪拉克是史蒂夫·凯奇尔的老家，阿德·沃尔卡斯特[1]也是那儿的人。"那位腼腆的男子说。

"提起史蒂夫·凯奇尔，"其中一个金发女提高嗓门说，就好像这个名字点着了她心里的一个火药桶似的，"他被杀死了，是他亲老子开枪打死的。天呀，虎毒都不会食子呀。像史蒂夫·凯奇尔这样的男人再也找不到了。"

"他的名字该不会叫斯坦利·凯奇尔[2]吧？"厨子问。

"得啦，你给我住口！"金发女说，"提起史蒂夫，你知道个什么呀？还说叫斯坦利呢！他不叫斯坦利！史蒂夫·凯奇尔是天底下最潇洒、最英俊的男子汉，是个天下无双的好男儿。他虎虎生威，风流倜傥，花钱极为豪爽。"

"你认识他吗？"那些男子当中的一位启口问道。

"认识他？问我是不是认识他？还问我是不是爱他吧？这是你要问的吧？我认识他，就跟你认识天下任何人一样；

---

[1] 美国拳击冠军。
[2] 美国拳击手。

我爱他，就跟你爱上帝一样。史蒂夫·凯奇尔是最伟大、最潇洒、最白净、最英俊的男子汉，可是他的亲老子却开枪打死了他，像打死一条狗一样。"

"你陪他一起到沿海城市比赛过吗？"

"没有。在这之前我就认识他了。他是我唯一爱过的男人。"

这个用化学试剂染过头的金发女说得绘声绘色，产生了舞台效应，令大家肃然起敬，而爱丽丝却又浑身抖了起来。我就坐在她身旁，感觉得到。

"你当时应该嫁给他呀。"厨子说。

"我不愿耽误他的事业。"染过头的金发女说，"我不愿拖他的后腿。他需要的不是老婆。哎，上帝，他是个多么了不起的人啊！"

"这样看待问题是很好的。"厨子说，"不过，杰克·约翰逊[1]还不是把他击倒了吗？"

"那是搞阴谋诡计。"染过头的金发女说，"那个大个子黑人来了个突然袭击。当时他已经击倒了杰克·约翰逊，战胜了那个大个子黑杂种。可是那个黑杂种却搞偷袭，取得了胜利。"

---

[1] 美国黑人拳王。

　　说话间，售票窗的窗口打开了。三个印第安人走了过去。

　　"是史蒂夫击倒了他。"金发女说，"史蒂夫还扭过头冲我笑呢。"

　　"记得你刚才说你没有陪他去过沿海城市比赛呀。"旁边有人插话说。

　　"哦，为了那场比赛，我专门去了一趟。当时史蒂夫冲我笑，而那个黑杂种借机一跃而起，出其不意给了他一个冷拳。正面交锋，那样的黑杂种就是来上一百个，都可以被史蒂夫放翻。"

　　"他是个了不起的拳击手。"那个伐木工说。

　　"凭良心说，他的确如此。"金发女说，"凭良心说，如今再也没有他那么出色的拳击手了。他就像个天神一样，那么白净、英俊，动作如行云流水，或者像一道闪电，虎虎生威。"

　　"我在拳击电影里看到过他。"汤姆说。

　　此时，大伙儿无不动容。爱丽丝又浑身发抖了，我偏头一看，却发现她在哭。那几个印第安人买了票，已经出了候车室到站台上去了。

　　"若论当丈夫，他比哪个丈夫都要强。"金发女说，"在上帝眼里，我们已喜结良缘。我现在属于他，以后永远属于他。我整个人都是他的。对于我的肉体，我并不在乎，他们可以占有我的肉体，而我的灵魂却属于史蒂夫·凯奇尔一人。上帝啊，他是个真正的男子汉！"

大家都感到心里不是个滋味。此时的气氛有点伤感和尴尬。后来，仍在浑身颤抖的爱丽丝开了腔。"你睁着眼说瞎话。"她低着嗓门说，"你这辈子从来就没有跟史蒂夫·凯奇尔睡过觉。这你自己清楚。"

"你怎么能这么说？"金发女带着几分傲岸之气说。

"我这么说，因为这是事实。"爱丽丝说，"这里只有我认识史蒂夫·凯奇尔。我来自曼瑟洛纳[1]，在那里我就认识他了。这是事实，人人都知道这是事实。如有半句瞎话，我就遭天打五雷轰。"

"如撒谎，我也愿遭天打五雷轰。"金发女说。

"我说的是事实，是铁一般的事实，这你应该是知道的，并非捏造出来的。我还记得他对我说的话来着。"

"他说什么？"金发女趾高气扬地问。

爱丽丝泣不成声，浑身发抖，话都快说不出来了。"他说：'你是个小可爱，爱丽丝。'这是他的原话。"

"信口雌黄。"金发女傲气凌人地说。

"绝非信口雌黄，而是实话，是大实话。我可以对基督

---

[1] 美国密歇根州的一座城市。

和圣母玛利亚发誓。"

"史蒂夫不可能说这话。那不是他说话的风格。"金发女心情高兴地说。

"这是事实。"爱丽丝以她那种好听的声音回了一句,"你相信不相信,反正对我都无所谓。"她不再哭了,心情平静了下来。

"史蒂夫说那话,可就成了天方夜谭了。"金发女不依不饶地说。

"他的确说了。"爱丽丝说完,脸上涌出了笑容,"当时的情景我还记着呢。我当时正如他说的那样,的确挺可爱的。就现在而言,我也比你强。看你干巴巴的,连点水分都没有。"

"不许你侮辱我。"金发女说,"你这个大肉山。我对过去有自己的回忆。"

"得了吧。"爱丽丝以她那种甜蜜好听的声音说,"除了你跟张三李四睡觉是真的,其他回忆都是子虚乌有,都是你从报纸上看来的。我为人清正,这你心里有数。虽然我块头大,可是男人们都喜欢我。你知道得很清楚。我没说过半句瞎话,这你也清楚。"

"我的回忆就是我的回忆。"金发女说,"是真实的回忆,美好的回忆。"

　　爱丽丝看看她，再看看我们，脸上那种受伤害的神情不见了，而是笑盈盈的，一张脸显得无比漂亮。她脸蛋漂亮，细皮嫩肉，声音悦耳，待人亲和，简直友好极了。不过，她的身躯太庞大了，大得能顶三个女人。汤姆见我盯着她瞧，便在一旁说了一声："好啦，咱们走吧。"

　　"再见。"爱丽丝说，声音听上去的确像莺声燕语。

　　"再见。"我说。

　　"你们两位小伙子去哪儿呀？"厨子问。

　　"跟你走的不是一条路。"汤姆回话说。

一段非洲的往事

　　他在等着月亮升起,一边用手抚摩着他的狗基博,让它不要作声,可以感觉到狗毛都竖了起来。人和狗都在观望,都在倾听,眼看着月亮冉冉升起,由月光把他们的身影投在地上。他用胳膊搂住狗脖子,感觉得到它在发抖。夜间万籁俱寂。他们没有听见大象的脚步声。直待那条狗转头一望,吓得一缩身子紧靠他,戴维这才发现了大象。大象近在咫尺,身影遮住了他们,走过时悄无声息。山里吹来一股微风,将大象的气味送入了他们的鼻孔——那是一种刺鼻、陈腐、酸臭的气味。它擦身而过,戴维看见它左边的那根象牙特别长,好像都快触着地面了。

　　戴维和狗又等了等,见再没有别的象过来,于是便在月光下撒腿跑了起来。狗紧随在戴维后面。戴维一停下来,狗鼻子就会撞在他腿肚子上。

戴维决意要追上那头公象。到森林边时，他们终于撵上了它。公象在朝山里走，迎着夜间阵阵微风缓步而行。戴维靠近，又看到了它月光下的影子，闻到了它身上那股陈腐的酸臭味，却看不见它右边的象牙。他不敢再带着狗往近处走，于是顺着风向将狗引开，让它贴着一棵树的树根卧下，竭力想让它理解自己的意图。他以为狗会卧在那儿不动，谁知当他朝着大象那巨大的身躯靠近时，却感到湿湿的狗鼻子又贴在了他的腿肚子上。

他们俩如影随形地跟着大象，随它走到了林间的一片空地上。但见它站在那儿，摆动着巨大的耳朵。它的身子隐没在阴影里，而头部却沐浴在月光下。戴维悄悄从后边摸上去，轻轻用手箍住狗的嘴不让它出声，蹑手蹑脚前行，擦着夜风的边把头转向右边呼吸，只感到微风吹拂在脸上——他始终顺着风向擦边走，绝不逆风而行让自己的气味飘到大象那儿。到了跟前，他可以看见大象在徐徐摆动着脑袋和巨大的耳朵，可以看见右边的象牙跟他的大腿一般粗，有点弯曲，几乎能挨着地面。

他和基博朝后退去；这下子，风吹在了他的脖子上，他们顺着原路走出森林，来到了空旷的野地。狗跑到了他前边，在小径旁的两根猎矛前停了下来。这两根猎矛是戴维跟踪大象时插在那儿做的标记。他把猎矛连同上面的皮圈皮套一起扛上肩，手里拿着他那根从不离身的最得意的长矛顺着小径返回营地去。此时月亮已爬高。营地那儿静悄悄的，听不到鼓声，这叫他感到纳闷。如果父亲在营地，却不闻鼓声，这就让人觉得蹊跷了。

话说在刚刚寻觅到大象踪迹的时候，戴维已经感到浑身疲倦了。这之前很长一段时间，他都显得比那两个大人精力充沛，身体状态良好。寻象的过程当中，那两人慢腾腾的，父亲规定每小时休息一次，这叫他很不耐烦。他原本是可以跑到前边去的，速度可以比父亲和朱马快得多。可是，等到他觉得累的时候，那两人状况依旧。中午时分，他们按照惯例又只休息了五分钟。之后，他发现朱马的脚步加快了些。也许并没有加快，只是看上去提速罢了。此时，象粪比以前新鲜了，尽管摸上去仍没有热气。上次见到一堆象粪之后，朱马将猎枪交给他扛，可是扛了一个小时，朱马看着他疲惫的面色，又把猎枪要了回去。他们一行沿着山坡一路穿行，可是后来大象的足印下山去了，从森林的缺口可以望见远处坑洼不平的原野。"下来的路可就难走了，戴维。"父亲说。

这时他才意识到，在戴维领着他们找到大象的踪迹时，就应该让戴维回营地了。朱马老早就知道这是有必要的，而作为父亲的他是方才醒悟过来的。开弓已没有回头箭了。这是他犯下的又一个错误，现在没办法，只有赌一赌运气了。

戴维低头看看大象留下的巨大、扁平、圆圆的足印，发现有一簇凤尾草被踩倒，一株断了茎的杂草正在枯死。朱马捡起那株杂草，抬头看了看太阳，然后将杂草递给了戴维的父亲，而父亲将杂草拿在手里左看右看的。戴维注意到杂草结出的白花已经发蔫，在渐渐凋零，却仍没有被太阳晒干，花瓣尚未脱落。

"快找到了。"戴维的父亲说，"咱们走吧。"

下午天色渐晚，他们仍行进在坑洼不平的原野上。戴维早已犯困了，望一望身边两个大人，情知困意成了他的头号大敌。于是紧跟上大人的步伐，尽量不掉队，竭力要摆脱掉袭上身来的困意。追踪大象，两个大人轮流换班，一小时一班，下班那个会时不时回头查看，看戴维是不是仍跟在后边。天黑后在森林里选了块干燥的地方扎营。戴维倒头便睡，醒来时看见朱马手拿软皮平底鞋，光着脚检查脚上是否有血泡。他睡着后，父亲脱下外套盖在了他身上，此时正坐在他旁边吃一块煮熟的冷肉和两片面包。见他醒来，父亲将装有凉茶的水壶递给他让他喝。

"大象也是需要吃喝的。"父亲说，"你的脚没事，跟朱马的脚一样结实。慢慢吃点东西，喝点茶，然后继续睡你的觉。我们俩没事。"

"对不起，我太困了。"

"你和基博寻找大象，跑了一整夜，哪能不困呢。想吃就再吃些肉吧。"

"不饿了。"

"好吧。饮用水还够喝三天的呢。明天就又有水源了。山里的溪水多着呢。"

"那只大象是要到哪里去？"

"朱马觉得他能摸透。"

"不会竹篮打水一场空吧。"

"没那么糟，戴维。"

"那我就继续睡我的觉了。"戴维说，"不用盖你的外套了。"

没等父亲跟他说声晚安，戴维就睡着了。他中间醒了一次，看见月光照到了脸上，不由想起了大象站在森林里扑扇着大耳朵的情景——由于象牙太重，脑袋都垂下来了。这天夜里回忆起大象，他有一种空落落的感觉，便以为是醒来后肚子饿导致的。其实并非如此——这是他在接下来的三天里才发现的。

次日的情况非常糟糕，远没有到中午，戴维就发现小孩和大人之间的差别并不仅仅在于缺觉。头三个小时，他的精神头比大人好，自告奋勇问朱马要那只303口径的步枪扛，而朱马摇了摇头，脸上一点笑容也没有。朱马一直都是他最好的朋友，曾手把手教他打猎来着。他心中暗忖："他昨天还提出让我扛枪呢，今天我的状态比昨天好，却不让我扛了。"当时他的精神头固然不错，可是到了十点钟的时候，他就发现今天的状况跟昨天一样糟糕，或者说更糟糕。

他原以为自己追踪大象跟父亲一般棒，就像他打猎打得跟父亲一般好，现在看来这种想法太愚蠢了。他知道个中原因并非仅仅因为他们是成年人。他们可是职业猎手呀！他现在终于明白了朱马不苟言笑的原因。两个大人对大象的一举一动都了如指掌，遇见情况，二人无须说话，只要打个手势便可以心领神会。碰到难以判断的现象，父亲总是听朱马的。看见前边有一条小溪，他们留住脚步给水壶灌水。父亲说："别多灌，够今天喝的就行了，戴维。"当他们跨越了坑洼不平的原野，爬山向森林进发时，大象的足印朝右一拐，拐上了一条古老的象径。他看见父亲和朱马在商量。当他走过去时，朱马回首望了望他们刚才走过的路，然后又眺望了一眼远方干涸地区那一座座像孤岛一样的石头山，似乎在根据远方天地交接处三座碧绿的山峰目测此处的方位。

"朱马现在知道大象要到哪里去了。"父亲解释说，"他以前就认为自己是心中有数的，可后来大象一拐弯，跑到了这里来。"父亲边说边回头望了一眼他们花了一天时间才穿越的那片原野。"接下来的路就相当顺了，只是仍需要爬山。"

他们一行翻山越岭，直至天黑，然后找了块干燥的地方扎营。就在眼看太阳要落山的时候，一小群鸡鹑横穿小径，戴维急忙取过弹弓打杀了两只。鸡鹑走上古老的象径时，一副闲庭信步的样子，只只都肥嘟嘟的。其中一只背部中矢，扑扇着翅膀，一跌一撞地，另一只跑上前施救，戴维又装上一粒石子，一拉弹弓，射出去的石子击中了第二只鸡鹑的肋骨。他跑过去捡猎物，惊得其他鸡鹑呼地四散逃窜。朱马回头看看，这次罕见地露出了笑容。戴维将两只中矢的鸡鹑捡起，见它们都肥肥的，羽毛平整，拿在手里暖暖的。然后，他把鸡鹑的头在猎刀柄上摔打了几下，结果了它们的性命。

扎营过夜时，父亲说："这么肥的鸡鹑以前从没见过。好样的，你一次就打中了两只。"

朱马将两只鸡鹑串在一根棍子上，架在一小堆炭火上烤。父亲往烧瓶的瓶盖里倒了些威士忌，加了点水，一边喝一边和戴维斜靠在那儿观望朱马忙活。鸡鹑烤好后，朱马将胸肉和心分发给了父子俩，自己吃鸡鹑的脖子、脊背和腿。

"你的贡献可真是不小，戴维。"父亲说，"现在，咱们的干粮充足多了。"

"距离大象还有多远？"戴维问。

"已经非常近了。"父亲说，"关键要看月亮升起时它是否继续前行。今夜的月亮出来得要比昨夜晚一个小时，比你发现大象的那天夜里晚两个小时。"

"朱马怎么那么有信心，觉得自己知道它要到哪里去？"

"就在离此处不远的地方，朱马曾经开枪打伤了它，猎杀了它的'卫兵'。"

"什么时候？"

"据他说，那是五年前的事了。他的说法也不一定准确。他说你当时还是个'托托'[1]呢。"

"这头象成了光杆司令啦？"

"他说是的。他再没见过它，只是从别人口中听说过它。"

"他说这头象有多大？"

"光象牙都差不多有两百磅吧，比我见过的象都要大。他说还有一头比这还大，也出没于这一带。"

"我该睡觉了，"戴维说，"希望明天精力能充沛些。"

"你今天表现得很出色。"父亲说，"我为你感到非常自豪。朱马也跟我一样。"

夜间月亮升起后，戴维一觉醒来，不由胡思乱想起来，

---

[1] 土著语。意为"小不点"。

觉得两个大人也许很欣赏他眼明手快地射杀了两只鸟禽，即便在别的方面不会为他感到自豪。另外，是他那天夜里发现了这头象，并一路追踪，看见两只象牙都还在，然后返回找到两个大人，带他们寻了过来。这一点，恐怕也会叫他们感到自豪。可是，危险的追踪一旦开始，他就派不上用场了，还可能会坏了他们的事，就跟那天夜里他靠近大象，差点没让基博搅了局一样。在最初时间还充裕时，他们却没有打发他回去，此时一定会为此而自怨自恨了。这头象有两根象牙，每根重达二百磅。正是因为象牙超常大，才使得这头大象遭到追杀。此时他们三个要猎杀这头象，也是为了这两根巨牙。

戴维有信心，认为他们一定能如愿以偿。这一天，他咬牙坚持了下来。中午时分，行进的速度拖垮了他，但他仍紧追不舍。这种坚韧不拔的精神恐怕也会让大人为他而感到自豪。不过，他毕竟没有做出实际的贡献，没有他这个累赘，大人们会轻松得多呢。在白天，他曾经三番五次产生悔意，觉得自己不该把有关大象的线索说出来，记得下午的时候他还希望自己压根就没有看见这头象。此刻在月光下醒来，他又觉得以前的想法并非自己的真意。

次日早晨，他们跟着大象的足印走上了一条古老的象径——那象径穿过森林，已被大象踩得硬硬的。看上去，就好像火山的熔岩一冷却，该地区长出又高又密的林子，就有大象在这条小径上走了。

朱马信心十足，他们行进的速度很快。朱马和父亲显得极为笃定，行走在象径上一副轻轻松松的样子。穿过时明时暗的密林时，朱马甚至还把自己303口径的猎枪交给了戴维扛。后来遇见几堆还冒着热气的大象粪便和一些圆圆的、扁平的足印（这些都是从小径左侧密林里出来的一群象留下的），他们便迷失了那头巨牙象的踪迹。朱马极为恼火，一把将那支303口径的猎枪从戴维手里拿了过去。到了下午，他们才找到象群，悄悄地挨近，从树干间的缝隙望得见大象灰色的身躯，看见它们扑扇着大耳朵，长鼻子一卷一伸，听见树枝被咔嚓咔嚓折断，以及树木被象鼻子卷倒的声音，还听见大象肚子里传出的咕噜咕噜声和象粪落地的噼啪声。

最后，他们终于发现了那头老公象的踪迹——老公象的足印拐了个弯，转到了一条比较狭窄的象径上。朱马瞧瞧戴维的父亲，咧嘴一笑，露出了一口大黄牙。父亲点了点头。他们俩的样子，就好像有什么不可告人的秘密似的。那天夜里戴维在营地找到他俩，他们就是这副表情。

没过多久，谜底就揭开了。秘密就藏在右侧的森林里——老公象的足印便是通向那里的。原来是一个大象的头骨，高度刚好达到戴维的胸前，因日晒雨淋已发白。头骨的前额上有一处深深的凹陷，鼻梁两旁是两个发白的、空空的眼窝，原来的象牙已被凿走，留下的是两个带有凿痕的空窟窿。

朱马指了指他们追踪的那头大象曾经站过的地方——那头大象曾伫立在头骨前，低头看着它。那头大象曾用鼻子将头骨从原地移开了一点，移到了此处，头骨旁留有它的长牙尖触地的痕印。他还让戴维看白骨额头凹陷处的一个弹孔，以及耳朵根密布的四个弹孔。他冲戴维笑笑，又冲戴维的父亲笑笑，从口袋里掏出一颗303口径的子弹，将弹头塞进头骨前额的弹孔里，刚好塞得下。

"朱马就是在这儿打伤那头大公象的。"父亲说，"这头骨是它的'卫兵'。那也是一头大公象，其实就是它的朋友。它冲过来，朱马一枪撂倒了它，又在耳朵根补了几枪，要了它的命。"

朱马指给他们看了看满地的碎骨，描述了那头大公象是怎样徘徊于碎骨场。戴维父子对这一发现颇为高兴。

"你看这两个朋友在一起有多长时间了？"戴维问父亲。

"这我就一点都不知道了。"父亲说，"你问朱马吧。"

"还是你问他吧。"

父亲和朱马交谈了几句。朱马瞧瞧戴维，哈哈笑了。

"他说它们在一起的时间大概四五倍于你的年龄。"父亲对戴维说，"其实他也不清楚，也不关心这个。"

戴维心想："我关心这个。我在月光下看到它时，它孤苦伶仃。而我有基博做伴，基博也有我相陪。它又不伤害任何人，而我们却追踪它，来到它凭吊亡友的地方，非置它于死地不可。要怪都怪我，是我出卖了它。"

朱马找到了那头大象的踪迹，对父亲做了个手势，他们一行又出发了。

戴维暗忖："我父亲又没必要靠猎象糊口。要是当初我没看见这头象，把它告诉大人，朱马是找不到它的。他曾碰运气发现了它，打伤了它，杀害了它的朋友。我和基博发现它后，千不该万不该，不该告诉大人，而应该为它保密，把秘密永远埋藏在心里，就让两个大人喝他们的酒，醉他们的吧。那时的朱马醉得不省人事，叫都叫不醒呢。今后不管有什么事都要藏在心里，再也不讲出去了。杀了大象卖掉象牙，朱马又会醉生梦死，要不然就再给自己娶个老婆。我真傻，当初为什么就没有帮帮这头大象呢？当初，第二天不跟着来就好了。那也不行，因为那样无法拖住他们。朱马照样还会来的。悔不该把大象的踪迹告诉他们。千不该万不该，不该告诉他们。以此为戒，以后有事情绝不告诉他人。不管再发生什么事情，绝不讲出去。"

父亲等着他赶上来后，轻声细语地对他说："那头象在这儿休息过。现在，它走路不像以前走得那么快了。咱们随时可以追上它。”

"猎什么象，猎个狗屎！"戴维小声嘟哝了一句。

"你说什么？"父亲问他。

"猎什么象，猎个狗屎！"戴维又低声重复了一遍。

"你小心点，别把事情搞砸了。"父亲冲他说道，然后狠狠瞪了他一眼。

"总算把事情摊开了。"戴维心想，"他可不笨，这下子了解我的心思了，以后再也不会信任我了。这样倒好，我才不稀罕让他信任呢。反正以后有事情我绝不告诉他，也不告诉任何人，再怎么也不告诉他们。我发誓：绝不告诉任何人！"

这天上午，他们追到了远处的山坡上。那头象不再似以前那般匆匆赶路了，而是漫无目的地游荡，时不时停下来吃点东西。戴维知道他们正一点点接近它。

他竭力想回忆自己以前对大象的感受，觉得自己对它并无感情可言。对此，他必须铭记在心。他只是太累了，由此推想到了老年的不易，继而产生了伤感。正是由于自己年幼体弱，他才能体会到衰弱暮年的惨景。

想到基博，他倍感孤独，再想想是朱马枪杀了那头大象的朋友，便有兔死狐悲之感，对朱马恨恨不已，仿佛大象和他有手足之情。那天在月光下看到那头象，紧紧跟着它，到了空地时距离大象仅有咫尺之遥，把巨大的象牙看得清清楚楚，他知道那幅情景对自己产生了深远的影响。可是，他所不知道的是那样美好的情景再也不会出现了。父亲和朱马要杀死那头象，而自己却无法阻止。是他出卖了大象，竟然跑回营地把大象的踪迹告诉了大人。他心想："要是我和基博长了象牙，他们也会杀掉我们的。"不过，他知道这仅仅是个不着边的胡想而已。

那头象可能要去寻找它出生的地方，而大人们就是要在那儿杀死它，使这件事有个圆满收场。本来，他们是想在杀死它朋友的地方就地要了它的命。真是一场闹剧。杀死大象，这才会叫他们称心如意。这两个杀象的凶手实在可恶！

此时，他们追到了遮天蔽日的密林边上，大象就在前方不远的地方，戴维都可以闻到它身上的气味了。只听见大象折弄树枝发出咔嚓咔嚓的响动。父亲把手搭在戴维肩上，让他朝后退，等在密林外边，然后从衣袋里取出个布袋，掏出一大把灰扬到空中。灰从空中飘落时，微微朝着他们这个方向落下。父亲冲着朱马点点头，弓腰跟随他进了密林深处。戴维望着他们的背影——那二人的臀部时隐时现，悄无声息，听不见任何响动。

戴维纹丝不动，静听大象吃东西发出的声音。就像那天夜里月光下摸到它跟前，看见了它漂亮的巨牙时一样，他可以闻到它那浓烈的体味。等了一会儿，那声音消失了，气味也闻不到了。突然，那支303口径的猎枪响了，声音尖利、刺耳。接着，父亲那支450口径的猎枪也响了，响了两声，震天动地。随后，枪声噼里啪啦响成了一片，像炒豆一样。他一头钻进了林子，见朱马一副惶恐的样子，额头上鲜血如注，流得满脸都是。父亲脸色煞白，怒不可遏。

"它冲过来，把朱马撞倒了。"父亲说，"朱马击中了它的头部。"

"你击中了它哪个部位？"

"我没管哪个部位，哪儿好打就打哪儿。"父亲说，"快顺着血迹朝前追。"

只见到处都是大象的血。有一股血喷得有戴维的头那么高，染红了树干、树叶和藤蔓；还有一股比这股要低多了，是黑红色的，散发出大象胃里的酸臭味。

"它的内脏中了枪弹。"父亲说。"它肯定倒下去了，或者动不了了——但愿如此。"他在后面补充了一句。

他们找到大象，见它果然动不了了。伤痛和绝望交织在一起，使得它寸步难移。它从觅食的地方穿过茂密的林子，又走过一片稀疏的林带，挣扎着来到了这里。戴维和父亲是循着血迹斑斑的大象足印找来的。当时大象钻进了一片稠密的林子，戴维看见它站在那里，庞大的灰色身躯靠在树干上。从后边看，只能看见它的臀部。父亲朝前摸去，戴维紧随其后。父子俩走到大象身边，觉得它大得像艘轮船。鲜血从它的腰部泉涌而出，顺着两侧哗哗朝下流淌。父亲举枪射击，大象把头连同那两根巨大的象牙缓慢而沉重地转过来，用眼睛望着他们。当父亲的第二声枪响时，大象摇晃了几下，像一棵被伐倒的大树，轰隆朝着他们倒了下来，然而尚未断气。原先它只是动弹不得，现在肩胛骨被打碎，才倒了下来。它一动不动，眼睛却充满了生机，直直地盯着戴维。它的眼睫毛很长，一双眼睛生机蓬勃——戴维从未见过如此充满生命力的东西。

"用那支 303 口径的枪朝它耳朵眼里打。"父亲说，"快点。"

"要打你自己打吧。"戴维说。

这时，朱马满脸是血、一瘸一拐地走了过来，额头上的皮掉下来遮在左眼上方，鼻梁骨都露了出来，一只耳朵伤得不轻。他一声不响地从戴维手中拿过枪来，将枪口一伸，几乎塞进了大象耳朵眼里，怒气冲冲地把枪栓一拉一推，连开了两枪。第一声枪响时，大象的眼睛还睁得大大的，随后便开始变得呆滞，鲜血从它的耳朵里奔涌而出，形成两条鲜红的溪流，顺着满是皱纹的灰色象皮潺潺流淌。这些血的颜色与别的血是不一样的。戴维心想："这幅情景我必须记住。"他记住是记住了，但仅仅记住是解决不了问题的。大象原来那种雍容的气质、尊贵的神态，以及威风凛凛的容貌已不复存在，转眼间变成了一大堆皱巴巴的皮肉。

"啊，总算结束了，戴维。有你一份功劳呢。"父亲说，"应该生堆火，让我给朱马包扎包扎伤口。到这儿来，你这个满身是血的 Humpty Dumpty[1]。

先不要急着摆弄那象牙。"

朱马笑嘻嘻地走了过来，手里拎着象尾巴，上面没有毛，光秃秃的。两人开了个下流玩笑。接着，父亲说起了斯瓦希里语，语速很快："此处离水源地有多远？还要走多远才能找到人把这两根象牙运出去？怎么样，你这个狗日的饭桶？伤哪儿了？"

听了朱马的回答后，父亲对戴维说："你和我一起去把丢在那儿的背包取回来。朱马留在这儿捡柴生火。医药箱在我包里放着呢。咱们赶天黑之前回来。朱马的伤不是抓伤，不会感染的。走吧。"

傍晚时分，戴维坐在火堆旁望着脸上被缝了几针、断了

---

[1] 矮胖子（旧童谣中的蛋状人物，从墙上掉下来被摔碎）。

几根肋骨的朱马，不由浮想联翩："大象试图撞死他，是不是认出了他就是杀害它朋友的凶手？"他希望情况是这样。如今，大象成了他心目中的英雄，就像他长久以来视父亲为英雄一样。他心想："它如此年迈，又是那样疲倦，竟然还能拼死一搏，让人难以相信。它显然是要置朱马于死地。但它看我的时候，似乎并无害我之意，只是显得很伤心，跟我心里的感受是一样的。就在它的死亡日，它还去看望了自己的老朋友。"

戴维仍记得，大象的眼睛一旦失去了生气，它所有雍容高贵的气质便烟消云散了。他和父亲取背包归来时，尽管傍晚时分空气凉爽，大象却已开始肿胀。那只大象已不复存在，成了一具死尸，有着灰色的皱巴巴的皮，全身浮肿，他们为之而起杀机的两根巨大的象牙上满是褐色和黄色的斑点。他见象牙上沾了血，已经凝固，便用指甲抠了一些下来，就像抠掉信封上的火漆一样，将其放入衬衣口袋里。除了从大象那儿获取了什么叫孤独的知识外，他唯一带走的就是这点血块了。

那天夜里在火堆旁，在拔出象牙之后，父亲想和他说会儿话。

"这头象是有人命在身的，戴维。"父亲说，"据朱马说，没有人清楚它到底杀死过多少人。"

"是那些人先要杀它的，对不对？"

"当然喽。"父亲说，"有那么两根象牙，谁不眼红。"

"那怎么能说它是个杀人犯呢？"

"随你怎么想吧。"父亲说，"很遗憾，你对那头象竟有如此糊涂的想法。"

"真希望它把朱马也杀死。"戴维说。

"我觉得你这话说得有点太过分了。"父亲说，"要知道，朱马可是你的朋友呀。"

"已经不是了。"

"你可不能对他说这话。"

"他自己心里清楚的。"

"我觉得你错怪他了。"父亲说。

父子二人的对话到此也就结束了。

后来，他们费尽千辛万苦，总算把象牙安全运了回去。两根象牙靠在枝条和泥巴筑成的房屋墙壁上，尖挨着尖。那象牙简直太高了，太粗了，叫人即便用手摸着都不敢相信这是真的。在两个尖相挨的地方，两根象牙都各有弯弯的弧度，没人能够得着那打弯处的顶部，连戴维的父亲也力所不及。朱马和他们父子俩成了英雄，基博成了英雄的狗，那几个抬象牙的人也成了英雄——那几个抬夫喝了酒，有些醉意，还执意要喝，非得喝个酩酊大醉不可。

　　就在这时，只听父亲说道："你愿意和解吗，戴维？"

　　"好吧。"戴维应了一声，心里却想着反正他已经决定以后再不把自己的想法往外讲了。

　　"这真叫我高兴。"父亲说，"这样事情就简单得多，好办得多了。"

　　父子二人坐在无花果树荫下的长者席上喝着啤酒，那两根象牙靠在小屋的墙壁上。啤酒盛在葫芦杯里，由一个年轻姑娘和她弟弟（英雄的专职侍童）一杯杯端上席。小侍童和英雄的狗基博一道守在身边，席地而坐。就连小英雄戴维的那只小公鸡也身价百倍，被提升为英雄的随身侍从。他们喝着啤酒，听见大鼓声骤起，鼓点越来越急。

乞力马扎罗的雪

乞力马扎罗 [1] 是一座雪山，高达 17910 英尺，据说是非洲最高的山。乞力马扎罗的西峰被马赛人 [2] 叫作"恩嘉琪—恩嘉怡"，意思即"上帝的殿堂"。在靠近西峰的地方有一具已经风干冻僵的豹子尸体。至于豹子为什么要来这么高的地方，无人做过解释。

---

[1] 乞力马扎罗山位于坦桑尼亚东北部及东非大裂谷以南约 160 公里，是坦桑尼亚和肯尼亚的分水岭，非洲最高的山脉，同时也是火山和雪山。

[2] 马赛人属于尼罗河流域半游牧民族的一个分支，生活在肯尼亚以及坦桑尼亚北部，2009 年统计肯尼亚共有 84 万马赛人。因其独一无二、与众不同的生活习俗、服装和居住地，马赛人成为非洲大陆最为世界所知的一个民族。马赛人有自己的语言，是尼罗河及撒哈拉地区语言大家族中的一员，其语言与苏丹南部丁卡人和努尔人（苏丹境内和埃塞俄比亚边界上的游牧民族）的语言有血缘关系。

"奇妙之处就在于没有疼痛感。"他说，"发作的时候就是这么一种状况。"

"真的吗？"

"当然是真的。不过，气味太难闻，真是抱歉得很。一定叫你感到不舒服了。"

"别这么说！求你别这么说！"

"你瞧它们！"他说，"到底是看见了我，还是这气味把它们招来了？"

说话的男子躲在一棵含羞草乔木如盖的浓荫里，躺在一张小床上，目光穿过阴凉地投向亮晃晃的平原，那儿有三只大鸟虎视眈眈守候着，另外还有十来只盘旋在空中，掠过时在地上投下一道道影子。

"自从卡车抛锚那天起，它们就一直盘旋不去。"他说，"今天这是第一次有几只落在了地面上。它们在天上飞，我起初用心观察过它们飞翔的姿势，想着以后说不定写东西能用得上，现在说来怪可笑的。"

"但愿别写它们。"她说。

"只不过随便说说罢了。"他说，"说说话，感觉能轻松许多。不过，我可不想让你心烦。"

"不会让我心烦的，这你是知道的。"她说，"不心烦，但内心却极其不安，这只因为我一点忙都帮不上。想来想去，还是把日子尽量过得轻松些，等着飞机来吧。"

"或者说就这么等下去，飞机压根就不来了。"

"请你吩咐，看我能做些什么。总有我力所能及的事的。"

"你可以把我的腿截掉，让我少受洋罪，虽然我对此持怀疑态度。或者开枪把我一枪崩掉。你现在打枪可是个好手了。起初还是我教你打枪的哩，对不对？"

"请别说这么晦气的话。难道我就不能给你读读书解闷吗？"

"读什么书？"

"书包里的书，只要没看过，哪本都可以呀。"

"我怕是听不进去。"他说，"耍嘴皮子倒是最轻松。咱们打打口水仗吧，可以那样来消磨时间。"

"我才不和你拌嘴呢。吵架我是绝对不愿意的。从今往后咱们就不要打什么口水仗了。不管心里有多么烦躁，都不应该吵架。也许，他们今天又会另弄一辆卡车来的。说不定飞机也会来的。"

"我可不想转移了。"男子说，"现在转移已经没有任何意义了，除非能让你感觉好受些。"

"那可是懦夫说的话。"

"一个人快死了，你就不能别骂他，让他死得舒心一些吗？你这么抹黑我，又有什么意思呢？"

"你不会死的。"

"别犯傻了。我正在死去。不然你去问问那些杂种。"他说着向大鸟那边瞅了一眼,只见那三只肮脏的大鸟把光秃秃的脑袋缩起来,缩进耸立的羽毛里。另有一只从天而降,落地后紧跑几步,然后慢慢悠悠地朝着同伴们的跟前走去。

"每个营地都有这种鸟,只是你从来不注意罢了。只要不放弃希望,你就不会死。"

"这样的论断,你是从哪本书上看到的?你可真是傻得不透气。"

"你应该也为别人考虑考虑。"

"看在基督的分上,"他说,"我历来都是把别人装在心里的。"

他躺在床上,沉默了一会儿,让目光越过平原上一闪一闪的滚滚热浪,飘向灌木林的边缘。黄色的平原上有几只野羊,白白的、小小的,远处的灌木林那边有一群斑马,在绿叶的映衬下显得白乎乎一片。他们的营地驻扎在参天大树之下,背依山丘,水源充足,是个很舒适的营地,不远处有一个快干涸了的水坑,早晨总有沙鸡在那儿飞来飞去。

"想让我为你读上几页书吗?"她问。她正坐在他床边的一把帆布椅上。"起风了。"

"不用了,谢谢。"

"也许会有卡车来的。"

"我才不在乎什么卡车不卡车呢。"

"我在乎。"

"你在乎的东西多如牛毛,而我都不在乎。"

"并不是很多的,哈里。"

"喝上一杯怎么样?"

"喝酒对健康不好。布莱克[1]的书里说得好,要远离一切酒精。所以,你不应该喝酒。"

"莫洛!"他喊了一声。

"在,先生!"

"拿威士忌加苏打水来。"

"遵命,先生。"

"劝你不要喝了。"她说,"这就是我所谓的'放弃希望'。书上都说了对健康不好。我很清楚,喝酒对你是有害的。"

"言之差矣。"他说,"喝酒对我是有好处的。"

他心想,好啦,这下结束了。要不然,他们会喋喋不休争论个没完。为喝杯酒拌嘴,最后来个了断。自从右腿生了坏疽,他就没有了疼痛感,随着疼痛感消失的还有恐惧感,现在只剩下沉重的疲倦感和愤怒感——他没想到会落得这么个

---

[1] 詹姆斯·布莱克(1823—1893),美国戒酒运动领袖。

下场。对于这样的结局，以及结局就这样到来，他并不感到奇怪。多年来，它一直纠缠着他的心，可现在它出现了，他反倒不在乎了。事情就这么怪：疲倦过了头，便什么都不在乎了。

他原来收集了些素材，打算等掌握了足够的资料，确保能写好的时候再动笔，现在却永远也写不成了。是啊，他可不愿写上几段，就尝到失败的滋味。也许，他压根就写不了，所以才一拖再拖，迟迟没有动笔。其中的原因，只有鬼才知道。

"真后悔跑到了这鬼地方。"女人说。她瞥了一眼他那端着酒杯的手，芳唇紧咬。"在巴黎，绝不会出这样的事。你老是说你喜欢巴黎呢。咱们完全可以留在巴黎或者到哪个别的地方去。就算是天涯海角，我也愿意随你去的。我曾说过：你去哪儿，我就去哪儿。如果你想打猎，那咱就去匈牙利打猎好啦，那儿会很舒适的。"

"你不就是有些臭钱嘛。"他说。

"这话说得可不公平。"她说，"我的钱，就是你的钱。我舍弃了一切，跟你到你想去的地方，做你想做的事。但话又说回来，我还是后悔跑到了这鬼地方。"

"你不是说过你喜欢这儿吗？"

"你没出事之前，我的确这么说过。可现在我讨厌这里。真不明白为什么这样的事偏偏发生在你腿上。咱们究竟做错了什么，竟然有这样飞来的横祸？"

"恐怕都怪我自己，怪我忘了给伤口涂碘酒，就用手抓那儿搔痒。对此我没有经心，因为我从未有过伤口感染的情况。后来，这伤情就恶化了。其他杀菌剂都用完了，可能因为随便涂了些药性差的石炭酸溶液，结果令微血管出了问题，引发了坏疽。"他说着看了看她，"除此之外，还会有什么呢？"

"我指的不是这个。"

"当初要是雇的是个懂行的把式，而不是个半吊子基库尤人[1]司机，他们就会检查检查机油，绝不会让卡车的轴承烧坏。"

"我指的不是这个。"

"假如你没有离开你那社交圈子，没有离开韦斯特伯里高档住宅区、萨拉托加温泉疗养地以及棕榈滩旅游胜地的那些狐朋狗友，而是把我收在了囊中……"

"说什么呀，我是爱你的。这样对我是不公平的。我过去爱你，现在爱你，以后还会永远爱你。难道你不爱我吗？"

"不爱。"男子说，"恐怕是这样的。我从来就没有爱过你。"

"哈里，你在说什么呀？你简直是昏了头了。"

"不，我已经没有头可昏了。"

---

[1] 肯尼亚的一个部族。

"别喝酒了。"她说，"亲爱的，求你别喝酒了。咱们应该做出一切努力，共渡难关。"

"要努力你自己努力吧。"他说，"我已经精疲力竭了。"

在脑海里，他看见了卡拉伽奇的一个火车站，看见他背着行囊站在那里，辛普伦东方快车的车灯划破了黑暗——大撤退之后，他正要离开色雷斯。这样一段情景，他准备以后写作时用。另外还有一段情景是这样的：吃早饭时，他凭窗远眺，只见保加利亚群山上白雪皑皑；南森[1]的女秘书问老人那是不是雪，老人看了看说不是的，说那不是雪，还不到下雪的时候呢。女秘书把这话给其他几个女孩子讲了，那些人都承认自己看走了眼，说那的确不是雪。其实，那是雪，一点都不假。等到交换难民，他送她们进山，走到了雪地上。那年冬天，她们踩着积雪走啊走，直至最后倒地死去。

话说同一年过圣诞节那一周，高尔泰也在下雪，纷纷扬扬一个劲地下。他们住在伐木工的小屋里，这儿的空间被一个硕大的四四方方的瓷砖炉子占了一半。大家睡的褥垫里装的是山毛榉树叶。这时，那个逃兵跑了来，脚上淌着血，在雪地里留下了痕迹。他说宪兵就在身后追捕他。大家让他换了双毛袜

[1] 南森（1861—1930），挪威北极探险家、博物学家及外交家，曾获1922年诺贝尔和平奖。

子，宪兵来了就拉着他们胡扯，直至大雪盖住了逃兵的足印。

在舒茨，过圣诞节那天，白雪亮晃晃的，刺得人眼疼。从旅馆向外看，可以看见人们做完祈祷，从教堂纷纷返回自己家中。在这个地方，他们肩扛沉重的滑雪板，沿着河岸旁那条尿黄色的平展的滑雪道攀上松林覆盖的陡峭山坡，然后从耸立在马德莱纳旅馆旁的那座雪山上踩着滑雪板一阵风似的冲下来，雪地平展得像一块涂了糖霜的蛋糕，雪花轻盈得似粉末。他们一路滑行，风驰电掣，无声无息，如鸟儿从天而降。对于这些，他仍记忆犹新。

当时他们住在马德莱纳旅馆，由于暴风雪的缘故受困于此达一个星期之久，整天都借着提灯的灯光在烟雾缭绕的屋子里打扑克牌解闷。兰特先生输得越惨，赌注下得越高。最后，他输了个精光，输掉了滑雪学校的钱，输掉了本季度的盈利，连资金也输掉了。他仍可以看到当时的情景——大鼻子兰特先生捡起几张牌，然后摊开说："我不跟。"他们整天地赌，不下雪时赌，雪下得太大还赌。他想了想，觉得自己一生中花在赌博上的时间真是太多了。

不过，对于这些，他在写作时只字未提，也没有提那个寒冷、晴朗的圣诞日。那一天，目光穿越平原，可以看见对面的群山。巴克驾机飞越防线去轰炸运送奥地利休假军官的列车，见那些军官抱头鼠窜，便用机枪扫射他们。记得巴克走进食堂吃饭时，提起了这件事，食堂里顿时鸦雀无声。后来不知谁说了一句："你这个杀人不眨眼的家伙。"

巴克杀死的也许就是前不久跟他在一起滑雪的奥地利人。不，不是的。那年，跟他一起滑雪的奥地利人叫汉斯，属于皇家狩猎队的成员。他们一起到锯木厂跟前那个山谷猎杀野兔，途中聊起了帕苏比奥[1]战役以及波提卡拉[2]的那场进攻战。这些他在写作时都只字未提。至于在蒙特·克罗纳[3]、赛特·科穆尼[4]和阿西埃罗[5]的那些经历，他也只字未提过。

他在沃拉堡[6]和阿尔堡[7]究竟度过了几个冬天呢？总共四个！他记起了和那个卖狐狸的人在一起的情形，记得他们一起到布卢登茨[8]去。他是去买礼品的。他记得樱桃酒醇香可口，记得怎样在冰天雪地里飞驰，激起团团雪粉，嘴里高唱："嗨呦！罗利是这么说！"记得穿过最后一片开阔地，冲下陡坡，然后直直朝前滑。进果园转三个弯，出果园后越过水沟，

[1] 意大利地名。
[2] 意大利地名。
[3] 意大利地名。
[4] 意大利地名。
[5] 意大利地名。
[6] 奥地利著名冬季度假区。
[7] 奥地利西部的山区。
[8] 奥地利福拉尔贝格州的一个县。

就到了客栈后边那条冰雪覆盖的路。然后，解开滑雪板上的绳子，把滑雪板从脚上踢下来，将它们靠在客栈的木板墙上。灯光从窗口泻出；屋里烟雾缭绕，新酿的酒芳香扑鼻，给人以阵阵暖意；手风琴声袅袅绕梁。

　　"去巴黎住哪个地方？"他问坐在身旁一把帆布椅上的女人。此时，他们这是在非洲。

　　"住科里伦酒店。那地方你是知道的。"

　　"我怎么会知道？"

　　"咱们每次都住那儿呀。"

　　"不对。不是每次都住那里。"

　　"反正在那里住过吧，还住过圣日耳曼区的亨利四世大厦。你曾说你爱那个地方。"

　　"爱只不过是一堆粪，而我是站在粪堆上打鸣的公鸡。"

　　"假如你不得不离开人世，"她说，"是不是需要在走之前把一切都毁掉？我是说一点东西也不留？你是不是必须宰马杀妻，将马鞍和盔甲付之一炬？"

　　"是的。"他说，"你的臭钱就是我的盔甲，是我的斯威夫特和阿穆尔[1]。"

---

[1] 斯威夫特和阿穆尔是美国两大巨富，代表的是豪门。Armour（阿穆尔）和 armour（盔甲）同词同音。

"求你别这样了！"

"好吧，我就不多说了。我并不想伤你的心。"

"现在怕是有点晚了。"

"那好，那我就继续伤你的心好啦。这样倒更有趣味。这是我真心想做的一件事，现在却做不成了。"

"不，这不是事实。你想做的事情多得很呢，而每一件也都是我想做的。"

"噢，看在基督的分上，别再吹牛了好吗？"

他看了她一眼，见她在暗自落泪。

"你听我说。"他说，"你以为这样说话能给人以乐趣吗？真不知道我为什么要这样。大概是鬼迷心窍，觉得刺伤别人才能使自己活下去吧。刚开始的时候，我还是好好的。惹你伤感并非我的本意。这下子，我成了地地道道的傻瓜，竟然狠下心这样对待你。我的话你权当放屁，别往心里去，亲爱的。其实，我是爱你的。我爱你，这你心里是清楚的。我从来没有像爱你这样爱过任何别的人。"

他不知不觉又故伎重演，信口雌黄地编造起谎话来。

"你对我挺贴心的。"

"你这个坏婆娘，一个有钱的坏婆娘。"他说，"我这是在作诗。我现在满肚子都是诗句。发腐的诗，发臭的诗！"

"请你别这样。你为什么非得把自己变成一个魔鬼呢，哈里？"

"因为在死之前，我要毁掉一切。"男子说，"身后什么东西都不愿意留下。"

已经到了傍晚时分。他睡了一大觉。太阳躲到了山后，平原上影影绰绰，一片朦胧。一些小动物在靠近营地的地方觅食。他观望着它们，见它们已远离灌木林，脑袋很快地一起一伏，将尾巴摆来摆去。那些大鸟已不在地面上等候了，而是一只只全都重重地压在了一棵树上。它们的数量还不止这些呢。他的贴身杂役坐在床旁边。

"太太打猎去了。"杂役说，"先生需要什么吗？"

"什么都不需要。"

她到别处打猎去了。她知道他喜欢看狩猎的场面，所以才跑得远远的，为的是不惊扰他跟前这一小块清静之地。她可真是处处为他着想。无论是知道些什么，在书上看到些什么，或者听到了什么消息，她心里总是为他着想。

当初他找她时，已经到了无可救药的地步，说什么也不能怪她。你口是心非、谎话连篇，叫一个女人怎么辨得清呢？他谎话脱口而出，完全是出于习惯，只图个方便！自从他言不由衷之日起，他在情场上如鱼得水，比说实话时还要风光。

与其说他愿意撒谎，倒不如说他没有实话可讲。他原来也堂堂正正地做人，现在却成了潦倒之人，在生活中苟延残喘，今天攀这个高枝，明天攀那个高枝，四处游乐，满世界跑。

　　他不让自己想这些烦心事，而这是他的了不起之处。只要有一副笃定的心肠，就不会像大多数同样处境的人那样一朝崩溃。你大势已去，昨日的风光已不复存在，文采尽失，而你摆出一副全然不在乎的架势。可是在内心，你却声称一定要写写周围的人，写写那些有钱人，声称自己没有与他们同流合污，而只是潜伏在他们国家的一个间谍，早晚会离开他们的国家，把东西写出来，那时的你就是一个了解内幕的人，会有不俗的手笔。可惜这一心愿他永远也无法实现了，因为他每一天每一日都懒于动笔，只贪图眼前的安乐，过着一种连自己也鄙视的醉生梦死的生活，渐渐笔锋呆滞，意志消退，最终无所事事，什么都不写了。他不写作了，跟狐朋狗友胡混，倒落了个自自在在。非洲是块福地，他在此处度过了人生中最快活的一段时光——他来这儿是要把日子重新过起。这次狩猎，安逸的程度是极低的。虽然并不艰苦，但也没有奢华可言。他觉得这样也算重返训练场，可以将心里的脂肪去掉，就像一个拳击手要去掉身体上的脂肪，得到山里苦练一样。

　　她喜欢这次狩猎，她说她喜欢得不得了。凡是有刺激性的事物她都喜欢——换换环境，结交新的朋友，看看赏心悦目的景色。他甚至产生了错觉，认为自己又意气风发，有了写作的意愿。可结果并非如此，他心里很清楚。事已至此，他也不必破罐子破摔，像一条断了脊梁的蛇一样自残。错，不在这个女人身上。这个女人没错，那就是其他女人的错。如果说他靠撒谎苟延残喘，那就让他因为撒谎而死去吧。想到这里，他听见山后传来了一声枪响。

她的枪法很好。这个富婆，既呵护着他的天赋，又毁掉了他的天赋。鬼话！毁掉他天赋的罪魁祸首正是他自己！为什么要嫁祸于人，怪罪这个把他照料得无微不至的女人呢？他毁掉了自己的天赋，因为他弃而不用，让天赋生了锈，因为他背叛了自己的灵魂和信仰，因为他酗酒过度使观察力不再敏锐，因为他懒惰成性，因为他势力、傲慢、偏见，还因为他蝇营狗苟、投机钻营。这算干什么呀？难道是在写一本书的目录不成？他有天赋固然不错，但他没有加以利用，而是拿来做交易了。他根本不在意自己写了些什么，而在意能换取些什么。他做出了选择，选择放弃笔耕，而靠别的本事谋生。他爱上的女人一个比一个有钱，你说怪不怪？可是，后来他没有了爱情，只有满口的谎言，就像对这个女人一般——这个女人比他所有的情侣都有钱，钱简直多得不得了。她曾有过丈夫和孩子，有过情人，只是对情人们不满意，偏偏钟情于他，觉得他是个作家、一个男子汉、一个伙伴、一个令人感到自豪的宝贝。奇怪的是：他根本不爱她，而且对她撒谎，可这产生的效果更好，更能够回报她为他付出的钱财。

他觉得人的命天注定，是怎样一块料都是有定数的。不管靠什么谋生，其中都包含着天赋的因素。他终生出卖自己的能力，形式各异，当感情投入不太多的时候，在换取金钱方面产生的价值会大得多。这是他的一大发现，但他绝不会写出来。不，他绝不会将其付诸笔端，尽管这值得一书。

就在这时，她出现在了视野里，穿过空地向营地走来。她穿着马裤，背着她的那杆步枪。两个杂役扛着一只野羊，紧随其后。他觉得她仍然有几分风韵，肉体能给人以欢愉。对于床第之间的风流，她具有出众的才华和欣赏力。她并不漂亮，但他喜欢她的脸蛋。她博览群书，喜欢骑射，喝酒喝得极其多。当她还是个比较年轻的少妇时，丈夫便离开了人世。一时间，她把所有心思都放在了两个刚刚成年的孩子身上，放在了骑马、读书和喝酒上。其实，她的两个孩子并不需要她，有她在跟前反而不自在。她喜欢在傍晚时分读书，在晚餐之前读，边读书边喝苏格兰威士忌及苏打水。该吃饭的时候，她已醉意朦胧了，如果饭桌旁再来一瓶红酒，通常便醉得糊里糊涂，趁此就入睡了。

那是有情侣之前的状况。有了情侣之后，她的酒便喝得不那么多了，因为她不必非得喝醉酒才能入睡了。不过，那些情侣叫她感到乏味无聊。她嫁的那个丈夫从未让她感到乏味过，而那些情侣让她觉得乏味得要死。

后来，她的一个孩子在一次飞机失事中丧了命。这次事件过后，她就再也不想要情侣了，不再把酒当麻醉剂了，觉得必须开始新的人生。突然之间，她对孤独产生了强烈的恐惧感。不过，她想要的是一个能让自己敬重的伴侣

事情发生了，经过极其简单。她喜欢他写的东西，一直都很羡慕他的生活方式。她觉得他是在按照自己的心愿生活。至于她是采用什么手段将他弄到了手，又是怎样最终迷恋上了他，反正都是些常规步骤。在这一过程中，她给自己建立了一种新的生活，而他把自己残留下来的一部分旧的生活方式拿来做了交易的筹码。

他拿这个筹码换取的是高枕无忧的日子以及安逸的生活，这是毋庸置疑的。除此之外，还换取到了什么呢？他简直说不清楚。反正他想要什么，她就给他买什么。这一点，他心里是有数的。说起来，她是个挺不错的女人。对待她，就像对待别的女人一样，他非常乐意和她上床，而且更愿意跟她逞床笫之欢，因为她更有钱，因为她让人心情愉悦，懂得欣赏人，还因为她从不惹是生非。现在，她苦心经营的小日子就要寿终正寝了。事情的起因是：两个星期前，一根刺扎破了他的膝盖，而他没有涂碘酒消毒。当时，他们看见一群非洲大羚羊，于是悄悄摸上去要拍照。那些羚羊昂起脑袋，支棱起耳朵听动静，一有响动就会逃进灌木林里去。就这样，

羚羊跑了，照片没拍成，他的膝盖却被扎伤了。

此时，她走了过来。

他在小床上转过脸来，冲她打了声招呼。

"我打到了一只野羊。"她说，"能给你炖上一锅美味汤。我叫他们捣些土豆泥，撒点奶粉进去。你现在感觉怎么样啦？"

"好多了。"

"简直太棒了！要知道，我有个预感，知道你肯定会好转的。我走时，你正睡觉，没打扰你。"

"我睡得很死。你刚才走得很远吗？"

"不远，就在山后转了转。我一枪就把这只羊撂倒了。"

"你是个神枪手，枪法很棒。"

"我喜欢打枪，喜欢非洲。这是真的。如果你平平安安的，对我而言这可是最有意思的一次旅行了。和你一起打猎，你都不知道多么有趣。我爱这个国家。"

"我也爱。"

"亲爱的，看见你病情好转，你都不知道多么叫人欣慰。见你受洋罪，我心里简直受不了。以后你不要再那样跟我讲话了，好不好？能答应我吗？"

"能。"他说，"我记不得自己都说了些什么了。"

"你可不能把我毁掉，好吗？我只不过是个深爱着你的中年女子，愿意听命于你，服从你的意愿。我已经被毁掉两三次了。你无意再让我经受一次毁灭，对不对？"

"我倒想在床上把你毁掉几次。"他说。

"好呀，那可是令人舒畅的毁灭。要毁灭，就应该有那样的毁灭。明天飞机就要来了。"

"你怎么知道？"

"我敢肯定一定会来的。杂役把木头准备好了，还准备了青草熏浓烟。今天我又去检查了一遍，降机坪地方很宽，两边准备各生一堆浓烟。"

"是什么原因让你断定飞机明天一定会来？"

"我有把握它一定会来。到了城里，他们就会把你的腿治好，那时咱们痛痛快快来一次'毁灭'。这指的不是说难听话导致的那种毁灭。"

"来杯酒怎么样？太阳都落山了。"

"你觉得自己能喝吗？"

"我是要喝上一杯的。"

"那咱们就一起喝吧。莫洛，拿威士忌加苏打水来！"她喊了一声。

"你最好穿上防蚊靴。"他建议道。

"洗完澡再穿吧……"

二人喝着酒，天色渐渐黑了下来。就在天色尚未黑透，却已没有了亮光，开枪无法瞄准目标之时，一条鬣狗穿过空地向山后跑去。

"那个杂种每天晚上都从这里跑过。"男子说,"两个星期了,天天如此。"

"夜里叫的就是它。我倒无所谓。说来,这种动物挺招人嫌的。"

二人一道喝着酒,他感觉不到疼痛,只是由于老一种姿势待在床上觉得有些不舒服。杂役们生起一堆篝火,投在帐篷上的光影跳跃着,他感到往日的那种对令人愉快的放纵生活所采取的听之任之的态度又回到了自己身上。她对他真是太好了。今天下午都怪他心肠太狠,有失公道。她是个好女人,实在是好极了。就在这时,他突然想到自己快要死了。

这一念头的出现突如其来,不是像一股水冲过来,或者像一阵风刮过来,而是像一种虚无缥缈的臭气突然飘了过来。奇怪的是,那条鬣狗循着这气味悄悄摸了过来。

"怎么啦,哈里?"她问道。

"没什么。"他说,"你最好坐到那边去,坐到迎着风的那个地方。"

"莫洛给你换过药了没有?"

"换过了。刚刚敷上硼酸膏。"

"感觉如何?"

"有点不稳定。"

"我去洗个澡。"她说,"这就去。回头咱们一起吃饭,然后把小床移进帐篷。"

他在心里对自己说,结束无谓的争吵是明智之举。跟这个女人,他吵架吵得不太多,可是跟那些自己所爱的女人他却争吵不息。结果,吵架就像腐蚀剂,腐蚀掉了他和那些女人的感情。那时他爱得太深,索要的回报太多,把双方的感情都耗干了。

他回想起自己独身一人在君士坦丁堡漂泊的情形。那是在巴黎跟情侣吵架之后,愤而出走的。那段时间,他日日风流,夜夜嫖娼。之后,却仍然未能消除孤独感,反而使孤独感愈加强烈。他给第一个情侣,即那个离他而去的情侣写了封信,说他难以忘怀昔日的感情……说有一次在摄政宫外以为看见了她,于是心里翻江倒海、思绪万千;他曾经在林荫大道尾随一个女人,因为那个女人长得跟她有点像,心中有几分担忧,一怕到头来发现那女人不是她,二怕失去跟踪过程中产生的温馨感情;他每每跟别的女人睡觉,只能加深他对她的思念之情;他无法摆脱对她的爱恋,对她以前的所作所为他也绝不会耿耿于怀。这封信是在俱乐部里写的,当时他没有喝酒,头脑冷静。信寄往纽约,求她回信寄到他在巴黎的事务所,那样似乎较为保险。那天晚上,他只有对她的思念,除此之外，心里空落落的。他在街上游荡，走过马克西姆饭店，路上泡了一个女郎，带着她一起去吃夜宵。吃完消夜，二人一道去跳舞。女郎的舞步太糟糕，于是他撇下她，跟一个风骚的亚美尼亚浪荡女跳了起来——浪荡女跳舞时把肚皮在他身上蹭来蹭去，蹭得他身上发烫。他和一个英国炮兵中尉争风吃醋，硬要把亚美尼亚浪荡女带走。中尉让他出去较量。于是，二人走到黑灯瞎火的鹅卵石街面上拳脚相向，打了起来。他冲着中尉的下巴狠狠打了两拳，可对方没有被击倒，于是他心想这下有好戏看了。中尉挥拳打在他身上，再一拳打在他的眼眶上。而他来了个左勾拳，中尉扑过来抓住他的衣服，把袖子都扯掉了。他朝着中尉的后耳根猛击两拳，就在对方将他推开之际，急忙挥动右拳把对方放翻。中尉一个狗吃屎倒了下去。听见宪兵的脚步声，他带着浪荡女跑掉了。他们钻进一辆出租车，沿着博斯普鲁斯海峡向瑞米力西萨驶去，在寒夜里兜了一圈，然后去一家旅馆睡觉。她跟自己的相貌一样，在床上也是过于成熟了。不过，她肤如锦缎，体似玫瑰花瓣、蜂糖浆，肚皮平平展展，大胸脯，行事时臀下不用垫枕头。次日，在第一缕曙光之中，她一副邋遢相。在她没睡醒之前，他就离开了，带着一只青肿的眼，拎着他那件被扯掉一只袖子的上衣回到了佩拉宫酒店。

就在那天晚上，他起身前往安纳托利亚。记得在那趟旅途中，他们整天穿行在罂粟田间（罂粟是用来提炼鸦片的），时间久了，会让你产生奇怪的感觉，觉得不管往哪儿走，方向都是错的。最后，他来到了一处战场——部队曾和从君士坦丁堡刚赶到的军官一道发动进攻，而那些军官狗屁不通，让炮弹落在了自家的队伍里，气得英国观察员像个小孩子一样哇哇哇地哭。

也是在那一天，他第一次看见了死人——那些死人身穿白色芭蕾舞裙，脚上的鞋子缀着绒球，向上翘起。当时，土耳其人不断朝前涌来，一拨一拨的。只见穿裙子的士兵们落荒而逃，军官开枪阻止也不管用，后来军官也狼狈鼠窜。他和英国观察员亦跑了起来，跑得他心口痛，嘴里满是尘土味。他们躲到岩石后边，看见土耳其人仍然一个劲朝前涌。接下来出现了一些他想都不敢想的事情，再往后他所看到的情景更是可怕。回到巴黎，对那段往事他不愿提起，就是别人说起来他也受不了。路过咖啡馆时，见那位美国诗人坐在里面，面前放着一摞碟子，土豆一样的脸上挂着愚蠢的表情，正在跟一个罗马尼亚人谈达达主义 [1] 运动。那个罗马尼亚人自称叫特

[1] 达达主义是 1916 年至 1923 年间出现的一种艺术流派。它是一种无政府主义的艺术运动，试图通过废除传统的文化和美学形式，发现真正的现实。达达主义由一群年轻的艺术家和反战人士领导，他们通过反美学的作品和抗议活动表达了他们对资产阶级价值观和第一次世界大战的绝望。

里斯唐·查拉[1]，总戴着一个单片眼镜，老是闹头疼。他回到公寓和妻子过起了小日子，他又恢复了对于妻子的爱情，不再争吵，不再发狂——回家让他喜悦盈怀。事务所把收到的他的信件给他送了来。事情就是这样，他写的那封信有了回信，一天上午被人用一个托盘送了来。他一看那笔迹就浑身发冷，急慌慌想把那封信藏到另一封底下。可妻子却问道："那是谁来的信呀，亲爱的？"于是，刚刚开始的好日子就此被断送了。

对于和那些女人一起度过的悠悠岁月以及一场场的争吵，他仍记忆犹新。那些女人总是挑最不恰当的场合跟他拌嘴。她们真是没眼色，为什么总是在他心情最好的时候对他发难呢？关于情场上的这些遭遇，他从来没写过，一是因为他不想伤害她们，二是因为他的素材很广，似乎没必要写这些风流案。不过，他还是心存一念，觉得最终还是要写的。要写的东西真是多之又多。他目睹了大千世界的千变万化，而不仅仅是这些事件。他经多识广，对世人进行观察，不仅纵览，而且入微，至今仍能记起人们在不同时刻的不同表现。他置身于变化的潮流中，观察了变化的过程，有责任把它写出来。可是，现在他却再也写不成了。

---

[1] 特里斯唐·查拉（1896—1963），罗马尼亚人，达达主义运动创始人之一。

"你感觉怎么样了？"她问。她在帐篷里洗完了澡，此时走了出来。

"还好。"

"能吃饭了吧？"

他看见莫洛立在她身后，提着折叠桌，另一个杂役端着一些碟子。

"我想写点东西。"

"你应该先喝些肉汤长长精神。"

"我今天夜里就要死了。"他说，"不需要长精神。"

"不要夸张嘛，哈里。求求你了。"她说。

"你为什么不用鼻子闻一闻！我半条腿都烂了，烂到大腿根了。都这样了，还喝什么肉汤呀。莫洛，给我拿威士忌加苏打水来！"

"还是求你喝肉汤吧。"她温情款语地说。

"那好吧。"

肉汤太烫，他只好端着盛肉汤的杯子等着放凉，不烫嘴之后便一饮而尽，中间没有出现恶心的感觉。

"你是个好女人。"他说，"不要再操我的心了。"

她痴痴地望着他。她这张脸出现于《潮流》杂志和《城市与乡村》杂志，家喻户晓，人人喜欢，只是由于酗酒减了几分颜色，还因为贪恋床第之欢又减了几分颜色，但《城市与乡村》却显现不出她那诱人的酥胸、销魂的大腿以及那双轻抚你的腰背让你陶醉的纤手。他也望了望她，看到她那招牌式的微笑时，觉得死神又来到了跟前。这次，死神不是猛地冲过来，而是像一阵轻风徐徐刮来——这样的风吹得烛光摇曳，吹得火焰腾旺。

"过一会儿叫他们把我的蚊帐拿出来挂在树上，然后生一堆篝火。今晚我不进帐篷里睡了。不值得搬来搬去的。今天夜里是晴天，不会下雨的。"

死神就是这么来到的。它在低语，可惜你却听不到。绝不会再跟任何人吵架了——这一点他可以保证。这是一次前所未有的人生经历，他可不愿坏了兴致。不过，他也许会败兴的，因为他老是成事不足败事有余。但这一次他或许不会坏事。

"你会不会听写？"

"从没学过。"她说。

"好吧。"

已经没有时间了。不过，往事浓缩了，只要处理得当，可以用一小段文字加以展现。

湖边有座山，山上有座原木筑成的木屋，原木之间的缝隙抹了白灰泥。门边的柱子上挂着一只铃铛，是叫人进屋吃饭用的。木屋后有片田野，再往远处则是树林。一排伦巴第白杨从木屋一直延伸向码头。还有一排白杨树排列在岬角旁。树林边有条羊肠小道通向山上。他曾经沿着这条小道采摘黑莓。后来木屋遭大火焚毁，而火塘旁鹿角形枪架上的那些枪支也随之化为灰烬。大火过后，枪管和枪托烧坏了，枪膛里的子弹融化了，残余物胡乱放在一堆灰上——那些灰是给制肥皂的大铁锅拿来熬碱液的。你问祖父能不能把那些东西拿来玩。祖父说不能。那些枪是他的宝贝，从那以后他再也没买过其他的枪，再也没打过猎。如今，在老地方又建起了一座木屋，粉刷成了白色。从门廊可以看见白杨树以及远处的湖泊，但木屋里再也没见到过枪支。那些曾经架在原木小屋墙壁鹿角形枪架上的枪支，如今只剩下了枪管，胡乱放在灰堆上，再也没有人动过。

　　战争结束后，我们在黑森林租赁了一条小溪，可以在里面钓鳟鱼。到那儿去，有两条路可以抵达。一条路是从特里贝格出发，直下山谷，沿一条白白的山谷小路前行，两旁是郁郁葱葱的林木，然后取一条偏道翻山越岭，沿途可见鳞次栉比的小农场和一幢幢高大的"黑森林"式房屋。这条偏道穿过小溪，而我们就是在偏道和小溪交叉的地方钓鱼的。

　　另一条路是爬陡坡抵达森林跟前，穿过松树林，翻过山头，出林子之后走到一片草场边，接着越过草场抵达那座小桥跟前。在那儿，小溪旁长着一排排桦树，水面不宽，反而很窄，溪水清澈、湍急，冲击着桦树的树根，冲出了一个个小水潭。在特里贝格的那家旅馆，正值好季节，老板的生意很是兴旺。当时的气氛令人愉悦，我们成了好朋友。可第二年遇上通货膨胀，他前一年挣的钱已不够买开旅馆所用的必需品，于是他上吊寻了短见。

这些情况倒是可以口授，可是你在护墙广场[1]的所见所闻就难以口授了。在大街上，卖花的小贩给花弄上染料，弄得路面上染料水横流；这儿是公共汽车的发车点；老头老太太喜来此处喝葡萄酒和劣质的渣酿白兰地酒；孩子们在寒风中清鼻直流；"业余爱好者"咖啡馆里散发着难闻的汗臭和贫穷的气味，顾客们喝得酩酊大醉，而妓女们在风笛舞厅卖弄风情（她们就住在舞厅的楼上）。那个看门的女人在她的小房间里款待共和国卫队的队员，队员那插着马鬃的头盔放在一把椅子上。门厅对面住着个女子，丈夫是个自行车赛手。这天早晨喝牛奶时，她打开《车讯报》，看见丈夫在环巴黎车赛中名列第三（这是他首次参加大赛），不由满面生辉，大笑出声，然后手里拿着那份黄颜色的体育报，大喊大叫冲下楼去。经营风笛舞厅的是个女人，丈夫是开出租的。一次，

---

[1] 巴黎最著名的广场之一，此处咖啡馆众多，名人题词随处可见。

他（即哈里）早晨赶飞机，女人的丈夫敲门叫醒他，二人到酒吧间的吧台喝了杯白酒，然后才出发。他跟那块区域的邻居混得很熟——那些邻居都是些穷人。

广场附近住着两类人——酒鬼和运动员。酒鬼借酒浇愁，以忘掉贫困，运动员则是坚持锻炼以驱除贫穷。他们是巴黎公社社员的后代，不用费力就熟知巴黎的政治。他们知道是谁枪杀了他们的父兄及亲友……当年，凡尔赛的军队开进巴黎，继巴黎公社之后占领了这座城市，见手上有老茧的、戴工人帽的，或者有任何其他的标志说明是工人的，一律格杀勿论。他住在这个贫民区里，街对面有个马肉铺和一个酿酒合作社。也就是在这里，他开始了自己的写作生涯。在巴黎，再也没有一块比这儿更叫他喜爱的社区了。他喜欢那婆娑的树影，喜欢那墙壁粉白但墙根涂成棕色的老房子，喜欢圆形广场上那些长长的绿色公共汽车，喜欢那在路面上流淌的染花用的紫色染料水，喜欢那从山上急转直下一直延伸向河边的莱蒙主教街[1]以及另一条街——狭窄、热闹的穆费塔得街[2]。穆费塔得街通向万神殿。还有一条他常在上面骑自行车的街道他也喜欢——那是该地区唯一的一条沥青路，骑车子平平展展，两旁有又窄又高的房屋和一座高高耸立的廉

---

[1] 巴黎拉丁区的一条街。
[2] 巴黎拉丁区的一条街。

价旅馆（保罗·魏尔伦[1]就是在这家旅馆离开人世的）。他们住的公寓里只有两个房间。他租了廉价旅馆顶层的一个房间，月房租是六十法郎，专门在此处写作，从窗口可以看到各家各户的屋顶和烟囱，也可以将巴黎的山峦尽收眼底。

从公寓的窗口，却只能看到那家经营木材和煤炭的店铺。除了写作，他还卖酒，卖劣质酒。马肉铺外边挂着金黄色的马头，而橱窗里挂的是金黄色和红色的马肉。他们一般都到涂着绿漆的酿酒合作社里买酒，那儿的酒物美价廉。其余的景物还有泥灰墙以及邻居家的窗户。夜间酒鬼醉卧街头，哼哼唧唧地呻吟，呈现出典型的法国式醉态（根据宣传，这种醉态压根就不存在），此时邻居们会打开窗户，嘁嘁喳喳地交流看法。

"警察跑到哪里了？不需要他的时候，他偏偏在跟前晃悠，现在却跟哪个女人睡觉去了。还是找个顶事的人来吧。"一桶冷水从哪家的窗口兜头泼了下来，酒鬼这才不胡乱哼唧了。"这是什么？是水！天呀，亏你们想得出！"各家的窗户纷纷关上了。他的女佣玛丽针对八个小时的工作日提出了

[1] 保罗·魏尔伦（1844—1896），在法国诗歌史上占有重要地位。在诗歌艺术上，魏尔伦是一位既反叛又传统的诗人。他也是象征主义文学的代表人物之一，与马拉美、兰波并称为象征派的"三驾马车"。与后两者晦涩的诗风相比，魏尔伦的诗更通俗易懂、朗朗上口，所以他也得到了普通读者的喜爱。

抗议，说："丈夫如果上班上到六点，回家的路上只能喝一点点酒，挥霍的钱不算太多，但如果五点就下班，那他就会夜夜酗酒，把兜里的钱挥霍一空。缩短工时，让工人之妻深受其害。"

"想再喝些肉汤吗？"女人问他

"不喝了。非常感谢，肉汤好喝极了。"

"再喝几口吧。"

"我倒想喝几口威士忌加苏打水。"

"喝酒对你不好。"

"是的，是不好。为此，科尔·波特[1]还专门写过一首歌，并谱了曲呢。恐怕正因为了解这些，你才生我的气。"

"你心里清楚我是愿意让你喝酒的。"

"哦，是吗？愿意让我喝，却又说酒对我不好！"

他心想，等她离开，他想喝多少就喝多少。哦，不，不是想喝多少就喝多少，而是有多少就喝多少。唉，他累了，简直太累了，必须睡一会儿才行。他静静地躺着，发现死神不在跟前，觉得死神一定是到别的地方遛大街去了，可能是结着伴，骑着自行车，或者一声不吭地走在人行道上。

---

[1] 科尔·波特（1891—1964），美国著名音乐家。

不，他从未写过巴黎，从未写过让他魂牵梦绕的巴黎。还有些内容他也从未写过。那么，它们究竟是什么呢？

那牧场，那银灰色的鼠尾草灌木丛，灌溉渠里那清澈、湍急的水流，那深绿色的苜蓿！羊肠小道在山间蜿蜒，夏季的牛儿像鹿一样腼腆。牛群哞哞地叫着，喧闹的声音不绝于耳，你秋季赶它们下山时，它们慢慢移动着步子，身后扬起一片尘土。翻过山梁，夕阳中那突兀的山峰清晰可见。月亮升起，在月光下骑马沿羊肠小道下山，山谷里一片皎洁的月色。记得穿过树林时，眼前漆黑，伸手不见五指，只好抓住马的尾巴前行。往事如烟，他曾经有意付诸笔端。

还有那个脑子缺根弦的干杂活的伙计……当时把他留下来看护牧场，叮咛他不准任何人动用牧场上的干草。那个老杂种从河岔口过来，想弄些饲料。小伙计曾为老杂种干过活，挨过他的打，此时一口拒绝了对方，老杂种威胁说还要揍他一顿。小伙计从厨房拿来一杆步枪，就在老杂种试图闯进饲料房时，开枪把他打死了。大家回到牧场，老杂种已死去一个星期了，尸体在牲口栏里冻得硬邦邦，一部分尸体已被野狗吃掉。你把剩下的尸体卷在毯子里，用绳子捆在雪橇上，让小伙计帮你拖走。你们俩拖着雪橇上路，走了六十英里进城，然后你举报了他。小伙计怎么也想不到自己会被逮捕，满以为自己是在履行职责，以为你是他的朋友，以为自己会得到奖赏呢。老杂种的尸体是他帮着拖来的，谁都知道老杂种是个坏家伙，企图抢走并不属于他的饲料！警长给他戴手铐时，他简直不能相信这是真的，禁不住痛哭流涕……这一素材他原本是打算写成故事的。这样的素材何止二十个，可是他一个都没有用于写作。为什么？

　　"你说说这是为什么。"他出声说道。

　　"什么为什么，亲爱的？"

　　"哦，没什么。"

　　自从有了他，她就不再那么嗜酒如命了。但尽管如此，他也绝对不会写她的，对此他是很清楚的。这类人一个都不写！富人乏味得很，喝酒喝得太多，整天就知道打牌玩棋，一个个无聊得厉害，全无鲜明个性。他想起了可怜的朱利安以及朱利安对富人带有浪漫色彩的敬畏感，记得后者写过一篇东西，头一句话便是："富佬们跟你我截然不同。"八成是有人风趣地对朱利安说富人的钱多得花不完，可是朱利安并不觉得风趣，而是将富人看作一个特殊的富于魅力的种群。当朱利安发现并非如此时，他的心都碎了，就像他其他的幻觉破灭时一样心碎。

　　至于他，对于那些因幻觉破灭而心碎的人，压根就瞧不起。他心明如镜，当然瞧不起那些人了。他觉得自己打不垮压不倒，因为他什么都不在乎，任什么都伤害不了他。

没什么了不起的。现在就连死亡他也不在乎。一直以来，他唯一害怕的东西是疼痛。他固然能和别人一样忍得住痛，除非疼痛持续的时间太长，折磨得他筋疲力尽。可这一次，正当他疼得死去活来，眼看就要崩溃时，疼痛感却突然停止了。

记得很久以前，一天夜里，投弹军官威廉逊钻铁丝网时，被德军巡逻队扔来的一颗手榴弹炸伤了。他疼得乱叫，央求战友开枪打死他。他是个胖子，虽然喜欢出风头，但作战极其勇敢，称得上一名优秀军官。那天夜里，他被缠在铁丝网上，探照灯光把他照得一览无余，只见他的肠子都被炸了出来，挂在铁丝上。战友们把他救回来时，只好将肠子割断。"开枪打死我，哈里！看在基督的分上，开枪打死我！"他惨叫着。关于疼痛，他记得大家有过一场讨论，有人说天主绝不会让你经历无法忍受的疼痛，还有人说疼痛会在某个时刻自行消失。但他一直对威廉逊的遭遇难以忘怀，记得那天夜里威廉逊的疼痛始终没有消失。他把自己留下来准备自服的吗啡片给了威廉逊，也没能止住对方的疼痛。

眼下，他倒是感到挺轻松的。只要疼痛感不加剧，就没有什么可担心的。他所渴望得到的是一个较好的伴侣。

关于自己想要什么样的伴侣，他略微想了想。

他觉得自己做事优柔寡断，总是迟一步。你总不能让人家老等着你吧。一旦分离，便各奔东西。昔日的聚会已经结束，现在只剩下了你和女主人在一起。他觉得要死还一时死不了，就像所有别的冗长的事情一样，让他都感到厌烦了。

"烦死了。"他想着想着说出了声。

"你说什么来着，亲爱的？"

"我是说任何事情都不能拖得太久。"

说话时，他隔着篝火望着她的脸。她靠在椅背上，火光照亮了她那张线条优美的脸，看得出她已经有了困意。此刻，他听见篝火的光圈外边传来了鬣狗的一声嗥叫。

"我在写东西。"他说，"感觉很是疲倦。"

"你看你能睡得着吗？"

"这没问题。你为什么不去睡觉呢？"

"我喜欢陪你坐着。"

"难道你感觉有哪个地方不对劲吗？"

"不是的。只是感到有点困。"

"我觉得有点不对劲。"他说。

他感到死神又在跟前徘徊了。

"要知道,我唯一没有失去的就是好奇心了。"他对她说。

"你任何东西都没有失去。你是我所认识的最完美的男子汉。"

"天呀。"他说,"女人家知道的事情真是太少了。你凭什么这么说?难道凭直觉?"

此时此刻,他看见死神走上前,将头枕在床脚上,甚至闻得到死神呼出的气味。

"要是有人说死神像镰刀和骷髅,你可千万别信。"他对她说,"死神完全可以是两个骑自行车的警察,或者说是一只鸟。也许,死神像鬣狗一样有一个宽宽的鼻子。"

此时,死神向他走了过来,但没有任何形体,只是占了一些空间罢了。

"让它走开!"

它没有走开,而是继续朝跟前凑。

"你呼出的气好臭呀。"他冲它说,"你这臭烘烘的东西。"

它又靠近了些,而他已说不出话来了。它见他说不出话,就又朝前凑了凑。他口不能言,试图将其赶走,可是它爬到了他身上,重重压在他胸口上,稳稳当当坐在那里,使得他动不能动、说不能说,却听得见那女人说:"先生睡着了。你们把床抬起来,手脚放轻,抬进帐篷里去。"

　　他说不出话，无法让女人将死神赶走。死神坐在那里，越来越重，压得他透不过气。当杂役把床抬起来时，感觉却突然好了起来，压在胸口上的重量消失了。

　　此时到了早晨，天已经亮了一些时间了。他听见了飞机的声音。飞机显得很小，在空中兜了一个大圈。杂役们跑出去用煤油点火，将青草堆在火上，于是空地两端就有了两大堆火，冒着滚滚浓烟。晨风习习，把烟吹到了帐篷这儿来。飞机又兜了两圈，此时飞得很低，然后向下滑翔和拉平，最终平稳地落在了地上。接着就见康普顿老伙计走了过来，下穿宽松长裤，上穿粗花呢夹克，头戴一顶棕色毡帽。

　　"怎么啦，老伙计？"康普顿问了一声。

　　"腿受伤了。"他说，"需要吃些早点吗？"

　　"不用了，谢谢。喝杯茶就行了。我的这架飞机是'舟蛾'型的，只能坐一个乘客，这次就带不了太太了。你们的卡车已在路上了。"

　　海伦把康普顿拉到了一边，和他说了些什么。康普顿回来时，显得异常高兴。

　　"这就抬你上飞机。"他说，"送完你，我再回来接太太。恐怕中途得在阿鲁沙停一下加油。现在最好马上出发。"

　　"茶还喝不喝了？"

　　"随便说说，我并不是真的想喝茶。"

　　杂役抬起小床，绕过一个个绿色帐篷，下了石台，走到空地上。空地两端的火堆烧得正旺，冒烟的青草已熊熊燃烧，风助火势，火势便越大。杂役从火堆旁经过，把床抬到小飞机跟前。抬他进机舱时，着实费了一番力气。而一进机舱，他便瘫倒在皮椅上，伤腿直直伸到飞行员的座位旁。康普顿把飞机发动后，钻进了驾驶舱。他向海伦及杂役们挥手告别。飞机发出咔嗒咔嗒的声音，随后那咔嗒声变成了他所熟悉的吼叫。康普顿让飞机掉过头，躲开疣猪打的洞，轰隆轰隆颠簸着开过两堆火之间的空地，最后又颠了一下便腾空而起。他看见底下的人们在挥手，山丘旁的营地成了平面图，平原一望无际，一片片的树丛和灌木丛成了扁平状，通向干涸水坑的狩猎小道显得很平展。他还看见了一处自己以前所不知道的水源地。斑马显得很小，只能看得见它们那圆滚滚的脊背。牛羚成了蠕动的黑点，昂着巨大的脑袋，像长长的手指一样穿过平原。当飞机投下的影子向它们冲来时，吓得它们四散逃窜。它们小极了，虽疾奔却像是爬行。极目远眺，看得见平原一片灰黄色，而眼前看到的则是康普顿的粗花呢夹克和棕色毡帽。飞机下开始有大山出现了，牛羚群正在往山上爬。从群山上空飞过时，看得见山谷陡峭，那儿的森林郁郁葱葱，坡地上竹林成片。再往前飞，仍是浓密的森林，覆盖了山巅，覆盖了峡谷。飞过森林，山势逐渐平缓，山后又出现了平原。

天气炎热，平原上一片紫棕色。飞机在热浪中颠簸着。康普顿回头看了看，看他情况如何。飞着飞着，前边又出现了群山，黑压压的。

后来，他们转了方向，没有继续朝着阿鲁沙飞，而是拐向了左边。他猜想一定是飞机加好了油。往下看，只见一片粉红色的云彩掠过大地，那云彩像筛子眼里筛出来的一样，从空中看，又像是凭空而降的暴风雪袭来时打头阵的飞雪。他知道那是从南方飞来的蝗虫。接下来，飞机开始往高爬，像是朝东方飞，飞着飞着天色黑了下来，原来是遇到了暴风雨，雨点密密麻麻，弄得飞机像是在穿过一道瀑布。暴风雨过后，康普顿回过头咧嘴笑了笑，然后指了指前方，只见那儿矗立着乞力马扎罗山的山巅，方方正正，开阔得不得了，高耸入云，在阳光下白得令人无法相信。他意识到那儿是他的目的地。

就在这时，在一片夜色里，鬣狗不再呜咽，开始发出一种奇怪的声音，跟人的哭声差不多。女人听了，不安地翻了个身，但没有醒来。梦中的她待在长岛的家里，那是女儿步入社交界的头一个夜晚。不知怎的，她的父亲也在场，显得很粗暴。鬣狗的叫声太大，把她从梦中吵醒了。一时间，她不知自己身在何处，不由感到非常害怕。她拿起手电筒，照了照另外一张床——那张床是哈里睡着后大家抬进帐篷里来的。透过蚊帐，她可以看到哈里的身躯，但不知怎么哈里的一条腿伸了出来，耷拉在小床的一边，绷带都脱落了，让她不忍看下去。

"莫洛！"她喊了起来，"莫洛！莫洛！"

随后，她叫了几声哈里："哈里！哈里！"见对方没答应，她提高了嗓门："哈里！请你醒醒！天呀，哈里！"

她听不到回答，也听不到哈里的呼吸声。

帐篷外，鬣狗又在叫了——正是那奇怪的叫声惊醒了她。但此刻，她却听不见那叫声了，因为她的心怦怦乱跳，心跳声盖过了那叫声。

弗朗西斯·麦康伯短暂幸福的人生经历

午饭时间，大家来到帐篷餐厅里，坐在双层的绿色篷顶下，一副若无其事的样子，好像什么事也没发生过似的。

"你们喝酸橙汁还是柠檬汽水？"麦康伯问。

"给我来一杯伏特加杜松子鸡尾酒吧。"罗伯特·威尔逊回话说。

"我也要一杯伏特加松子鸡尾酒。我需要一杯酒喝。"麦康伯的妻子说。

"我想是该喝杯酒的。"麦康伯同意妻子的说法，"那就叫他调三杯吧。"

说话间，杂役从帆布冷藏袋里取出几瓶酒，已经在调制了。帐篷遮蔽在林间，一阵风穿过树林吹来，使酒瓶上凝结出一些水珠。

"应该给他们多少钱？"麦康伯问。

"一英镑就不少了。"威尔逊说，"可别把他们给惯坏了。"

"他们的头人会把钱分下去吧？"

"当然会的。"

半小时前，弗朗西斯·麦康伯得意扬扬地被厨子、贴身杂役、剥皮工[1]以及脚夫用胳膊抬、用肩扛，从营地的边缘送到了他的帐篷。这次游行，扛枪的杂役没有参加。那些土著人把他送到帐篷前，将他放下，接着他跟大伙儿一一握手，接受他们的祝贺。之后，他进入帐篷坐在床上，直至他的妻子走了进来。妻子进来，却没有和他说话。他起身离开了帐篷，在外边的便携式盥洗盆里洗了把脸和手，随即便去了餐厅帐篷，在舒适的帆布椅子上落座，于林荫中吹着习习的微风。

"你总算猎到了狮子。"罗伯特·威尔逊对他说，"而且是一头非常棒的狮子哩。"

麦康伯夫人飞快地瞥了威尔逊一眼。她有着沉鱼落雁的容貌，而且保养得很好。五年前，凭着姿色和社会地位，她拿几张照片为一款自己从未用过的美容产品做广告，获得了五千块钱的酬金。她嫁给弗朗西斯·麦康伯已经有十一个年头了。

---

[1] 打猎时，专门负责剥兽皮的人。

"那头狮子很不错，是不是？"麦康伯说。此时，他的妻子正在看着他。麦康伯夫人打量着眼前这两个男人，那样子就像以前从未见过他们。

这个威尔逊是个白人猎手。她觉得自己以前从未仔细看过他。他看上去中等身材，沙色头发，胡子拉碴，一张脸红得像块红布，蓝眼睛冰冷冷的，眼角罩着细细的白色皱纹，一笑那皱纹便成了一道道深沟。此时，他正冲着她笑哩。她将目光从他的脸上移开，看向他那穿着宽松束腰外衣的溜肩膀——外衣上原该有个左胸兜的，却被几个环套取代，环套里有四个大弹药夹。接着，她便看他那棕褐色的大手、旧旧的宽松长裤以及脏兮兮的靴子，最后又将目光收回来看他的红脸。她注意到那张被阳光烤红的脸上有一圈白线，那是戴斯泰森毡帽留下的印迹（此时，那顶毡帽挂在帐篷支柱的钉子上）。

"好，咱们为那头狮子干杯。"罗伯特·威尔逊说，他又冲着她笑了笑。而对方没有笑，却在看她的丈夫，眼神有些古怪。

弗朗西斯·麦康伯个子特别高，如果不计较骨骼的长短，身材算是非常匀称的了，肤色黑黑的，寸头，头发短得像大学生划船手，两片嘴唇薄薄的，可以说是一表人才。他和威尔逊一样，穿的都是狩猎队的服装，只不过他的衣服是崭新的。他今年三十五岁，身体相当强健，擅长球类运动，在数次钓鱼大赛中屡创佳绩，只不过刚才当着众人的面暴露出他是个胆小鬼。

"为那头狮子干杯。"他说，"对于你的付出，我感激不尽。"

他妻子玛格丽特把目光从他身上移开，又转向了威尔逊。

"那头狮子咱们就不谈了。"她说。

威尔逊看了看她，这次没笑，而她却冲他笑了笑。

"这是一个非常奇怪的日子。"她说，"中午即便在帐篷里，是不是也该把帽子戴上？这可是你告诉我的。"

"戴倒是可以戴的。"威尔逊说。

"要知道，你有一张非常红的脸，威尔逊先生。"她说完，又嫣然一笑。

"喝酒喝的。"威尔逊说。

"恐怕不是。"她说，"弗朗西斯喝酒也手不离杯，但他的脸从来就没有红过。"

"今天红了呀。"麦康伯想开个玩笑，于是这样说道。

"不对。"玛格丽特说，"今天红脸的是我。要说威尔逊先生，他的脸历来都是红的。"

"这八成是人种的关系吧。"威尔逊说，"喂，你不会再想拿我英俊的外表做话题吧？"

"我这只是开了个头。"

"这个咱们就不谈了。"威尔逊说。

"大家谈谈话怎么就这么难。"玛格丽特说。

"别说傻话，玛戈[1]。"她丈夫说。

"没什么难的。"威尔逊说，"打猎打到了一头非常棒的狮子呀。"

玛格丽特扫了他们俩一眼，二人看得出她都快要哭了。威尔逊老早就注意到了，这让他感到担心。麦康伯倒是坦然，并不为之感到担心。

"真希望这件事就没有发生过。唉，真希望这件事就没有发生过。"她边说边走向自己的帐篷去了。她没有哭出声，但他们看到她那裹在玫瑰色防晒衬衣中的肩膀在抖动。

"女人动不动就伤感。"威尔逊对那位高个子丈夫说，"不会出什么事的。只是精神紧张，接触的事多了些罢了。"

"没什么。"麦康伯说，"我想我的后半生都会引以为戒的。"

"胡说什么呀。来，为精彩的猎杀干杯。"威尔逊说，"该忘的就忘掉它，没什么可遗憾的。"

---

[1] 玛格丽特的昵称。

"试试吧。"麦康伯说，"不过，对于你的帮助，我是不会忘的。"

"没什么。"威尔逊说，"都是不着边的话。"

二人坐在树荫里说着话。他们的营地设在几棵浓荫似盖的洋槐树下，背后是巨石高耸的悬崖，前面有一片草地一直延伸到一条小溪，溪水里净是石头，过了小溪就是森林。杂役摆饭桌的时候，他们喝着刚冰镇好的酸橙汁，尽量不去看对方的眼睛。威尔逊看得出，杂役们全都知道实情了。麦康伯的贴身杂役一边把饭菜摆上饭桌，一边用异样的目光打量着自己的主人。威尔逊见状，用斯瓦希里语呵斥了一声。那杂役一脸茫然，转身走了。

"你对他说什么来着？"麦康伯问。

"没什么。只是让他识相些，不然就没他好果子吃，给他狠狠来上十五下。"

"十五下什么？鞭打吗？"

"鞭打完全是非法的。"威尔逊说，"仅仅允许扣他们的工钱。"

"你是不是还用鞭打惩罚他们？"

"哦，是的。假如他们选择去告状，很可能会祸起萧墙。可是，他们不会告我的，情愿挨鞭子，也不愿被扣工钱。"

"真是咄咄怪事！"麦康伯说。

"其实没什么奇怪的。"威尔逊说,"你会怎么做?是愿意被桦条狠狠抽打一顿,还是拿不到工钱?"

话刚一出口,他就感到挺难为情的,于是没等麦康伯回话,又急忙说:"要知道,每一天每一日人人都在挨鞭子,不是这种鞭子,就是那种鞭子。"

这话也没让情况好到哪儿去。他心想:"上帝呀,我都成了个玩外交辞令的人了!"

"不错,是都在挨鞭子。"麦康伯说,眼睛仍然没有朝着他看,"对于猎狮子这件事,我感到十分遗憾。这件事到此为止,不应该再张扬了吧?我的意思是不让他们任何人知道此事,好吗?"

"你是说我会在马赛卡俱乐部谈起此事?"威尔逊冷冷地望着他。真没想到对方会如此猜忌人。他心中暗想,麦康伯不仅是个可恶的懦夫,还是个小心眼。在这之前,他竟然还十分喜欢麦康伯哩。美国人真是叫人捉摸不透呀!

"不会的。"威尔逊说,"我是个职业猎手。对于主顾,我们是闭口不谈的。你尽管放心好啦。听到别人提出要求,叫我们闭嘴,挺不是滋味的。"

他决定就此来个了断,那样处境会容易得多。他照样吃饭(独自一人吃饭),可以边吃饭边看书。那两口子叫他们吃他们自己的。他会公事公办,照样陪他们把打猎进行到底。

法国人把这叫什么来着？体面的尊重！那样一来，比这样陷于情感漩涡要利落得多。他将羞辱一下对方，给他来个一刀两断。那时，他可以吃吃东西、看看书，而对方的威士忌他照喝不误。打猎时出现不愉快的情况，一般都说这种话。遇见一位白人猎手，你问他："情况怎么样呀？"如果他说"他们的威士忌照喝不误"，那你就知道情况糟透了。

"对不起。"麦康伯说，一边抬起他那张美国脸望着他——那张脸就是到了中年也会青春焕发。威尔逊注意到他留着划船手那样的寸头，一双眼睛漂漂亮亮（只是目光有些躲闪），端正的鼻子，薄嘴唇，下巴很好看。"对不起，我没料到会出现这种情况。有许多规矩我都是不知道的。"

威尔逊心里真不知如何是好了。他已经决定跟对方彻底翻脸了，可是这个不要脸的家伙刚刚侮辱了他，现在又向他表示歉意了。他只好再做做尝试，把关系缓一缓。"你别担心我会张扬此事。"他说，"我得有碗饭吃呀。要知道，在非洲，就是女人也能猎杀狮子，没有一个白人会见了狮子就跑。"

"我是跑了，像只兔子撒腿就跑。"麦康伯说。

威尔逊心里没了谱，遇到这么一个会说软话的家伙，真不知该怎么应付了。

威尔逊用他那双机枪手般坚毅的蓝眼睛看了看麦康伯，

而对方冲他莞尔一笑。假如你注意不到他自尊心受损时会有什么样的眼神，你一定会注意到他的微笑令人心情愉悦。

"也许打野牛时，我可以做一些弥补。"他说，"接下来就要去打野牛了，对不对？"

"如果你愿意，咱们明天早晨就去。"威尔逊说。也许，他刚才的想法是错的。对于美国人，你是捉摸不透的，不知道会出现什么现象。此刻，他的天平又倒向了麦康伯。今天早晨的事能忘就忘了吧。可是，那样的事是想忘也忘不了的。今天早晨简直倒了邪霉。

"哦，太太来了！"他说。只见玛格丽特袅袅婷婷从她的帐篷走了过来，显得精神焕发、情绪高涨，可爱极了。她有一张无可挑剔的鹅蛋脸，简直完美极了，叫你甚至会以为她是个头脑愚蠢的花瓶。不过，威尔逊觉得她不蠢，一点也不蠢。

"怎么样，英俊的大红脸威尔逊先生？我的宝贝弗朗西斯，感觉好些了吧？"

"哦，感觉好多了。"麦康伯说。

"这件事我全都想透了。"她边说边在桌旁坐了下来，"弗朗西斯是不是擅长猎狮子，那又有多大关系呢？他又不是吃这碗饭的。那是威尔逊先生的行当。在打猎方面，威尔逊先生的确是得心应手。你是什么样的动物都猎杀，对不对？"

"哦,是什么样的猎物都行。"威尔逊说,"什么样的动物都猎杀。"他心里在想,这种女人是天下最强硬、最无情、最具掠夺性,也是最富于魅力的女人;由于她们的强硬,她们的丈夫就会是脓包,或者被她们踩在脚下。

难道她们在选择丈夫时,专拣软柿子捏?可是,结婚时年轻,不会这么有心计呀!值得庆幸的是,他已经完成了关于美国女人这方面的教育,意识到眼前的这个便是极具吸引力的女人。

"我们明天早晨去打野牛。"他对她说。

"我也去。"她说。

"不行,你不能去。"

"行,我能去。"

"弗朗西斯,你说呢?"

"留在营地里不好吗?"

"那是绝对不行的。"她说,"像今天这种场面,我是绝对不愿错过的。"

威尔逊心想:"她刚才走开,躲到一边去哭的时候,看上去女人味十足,像是懂事、体贴,为丈夫以及自己感到痛心,是个通情达理的人,二十分钟后返回就变了样,又涂抹上了一层美国女人那种狠心肠的彩釉。这种女人真是可怕,简直太可怕了。"

"明天我们为你再来一场表演。"弗朗西斯·麦康伯说。

"你还是不要去了。"威尔逊说。

"你这样阻拦是不对的。"她说，"我还想再看你表演一次呢。你今天早晨的表演很精彩呦。把野兽的脑袋打得稀巴烂也可以算是精彩吧。"

"该吃饭了。"威尔逊说，"你挺高兴的，是不是？"

"为什么不呢？我来这儿又不是找烦恼的。"

"哦，没什么可烦恼的。"威尔逊说。放眼望去，他可以看到河水里的大石头，以及树影婆娑的高高的河岸。看着看着，他又想起了今天早晨的事。

"是啊，没什么可烦恼的。"她说，"这儿引人入胜。明天是个好日子。对于明天，你都不知道我是怎样期盼呢。"

"这道菜是大羚羊肉。"威尔逊说。

"大羚羊的个头像牛一样，跑起来像野兔，对不对？"

"我觉得你描绘得很生动。"威尔逊说。

"大羚羊的肉是很好吃的。"麦康伯说。

"羚羊是你打到的吧，弗朗西斯？"她问。

"是的。"

"这种动物不危险吧？"

"只要别让它们扑到你身上就行。"威尔逊说。

"真叫人高兴。"

"能不能收敛一些，别轻飘飘的，玛戈。"麦康伯边说，边从大羚羊肉排上切下一片来，用叉子朝下将肉叉住，往上涂抹土豆泥、肉汁以及胡萝卜丁。

"既然你把话说得这么漂亮，我想我是可以做到的。"她说。

"今晚喝上一杯，为那头狮子干杯。"威尔逊说，"中午的天气有点太热了。"

"啊，那头狮子。"玛格丽特说，"你不提我都忘了！"

罗伯特·威尔逊觉得她话里夹枪带棒。或者说她这是在演戏给人看。当一个女人发现自己的丈夫是个可恶的懦夫时，你说她会怎么样呢？这娘们儿真够狠心的。不过，女人不是都狠心吗。当然，为了掌握控制权，有时候就得狠心。话虽这么说，狠毒心肠还是叫人受不了。

"再吃点羚羊肉！"他客客气气地对她说。

当天下午晚一些的时候，威尔逊和麦康伯乘车出去了。同行的有土著汽车司机以及两个扛枪的人。麦康伯夫人留在了营地里，因为天气太热，她出不了门。她说明天一大早随他们出行。汽车启动时，威尔逊看见她站在那棵大树下，身穿她那件淡淡的玫瑰色卡其布衫，虽然不是天姿国色，却也妩媚动人，一头乌丝从脑门朝后梳，挽成一个髻，低垂在脖后，脸蛋水灵灵的，就像仍身处英国国内一样。她频频招手送别。汽车开过长满高高荒草的洼地，转方向穿过一片树林，驶入遍布果子灌木丛的山丘间。

他们发现果子灌木丛里有一群黑斑羚，便下了车，悄悄向一只年老的公羚摸了过去——那只公羚有一对长角，向两边分得很开。麦康伯开了一枪，射杀了它。中间隔着足足有两百码的距离，这一枪真是值得称赞。羚羊群吓得仓皇奔逃，一窜一跃地，将长长的腿收起，你从我的背上跳过去，我从你的背上跃过去，像是飘在空中一样。似梦里的场景，令人难以相信。

"这一枪打得漂亮。"威尔逊说，"黑斑羚目标小，难打中的。"

"黑斑羚的脑袋值得一要吗[1]？"麦康伯问。

"它的脑袋棒极啦。"威尔逊说，"你这样打枪，就不会有什么问题了。"

"你觉得明天能找到野牛吗？"

"可能性是很大的。它们一大清早便出来吃草，运气好就能在野外看到它们。"

"我想借此机会将猎狮的那件事一笔抹掉。"麦康伯说，"出了这样的事情，让妻子看见了总是不太好的。"

---

[1] 羚羊头以及羚羊角主要用来做标本或装饰品。

威尔逊心想："更不好的是你自己做了这样的事情，别管妻子计不计较，而且还把此事挂在嘴边提来提去。"他是这么想的，口中却说："要是我，就不多想此事了。头一次猎狮，换上谁都会心慌的。过去的就让它过去吧。"

可是晚上吃过饭之后，弗朗西斯·麦康伯上床前喝了杯威士忌加苏打水，躺在罩着蚊帐的小床上，细听着夜色里的响动，这件事仍没有过去。它既没有过去，也不是刚开始，而是已经发生，历历在目，有些细节不可磨灭，尤为清晰，让他痛苦和害臊。比害臊更可怕的是，他内心感到寒冷、空洞和恐惧。恐惧感仍折磨着他，像一个冷冰冰、黏糊糊的黑窟窿，在他空荡荡的内心里占据了原来属于自信心的位置，这叫他感到难过。这件事让他难以忘怀。

此事是在昨天夜里开始的。当时他一觉醒来，听见河的上游传来狮子吼声，声音低沉，吼完一声，还呼噜呼噜咳嗽几下，听上去就好像在帐篷外似的。弗朗西斯·麦康伯半夜醒来听到的就是这声音，这叫他感到害怕。他可以听见妻子熟睡，发出均匀的呼吸声。没有人听他诉说心里的恐惧，也没有人跟他一起害怕。他孤孤单单一个人躺在那里。他并不知道索马里有句谚语，说勇敢的人总会被狮子吓上三次：一是发现狮子足印的时候，二是听见狮吼，三是跟狮子照面的时候。黎明时分，太阳未升起之前，他们借着马灯的光亮在餐厅帐篷里吃早饭，又听见了那只狮子的吼叫声。弗朗西斯觉得它就在营地的边上。

"听声音像是只老狮子。"正在吃熏鱼、喝咖啡的罗伯特·威尔逊抬起头说，"听它的咳嗽就知道了。"

"它是不是离得很近？"

"在河上游，大概有一英里吧。"

"需要去看看吗？"

"会去看的。"

"它的叫声能传这么远吗？听上去就好像在营地里似的。"

"传得远得很呢。"罗伯特·威尔逊说，"传得这么远，的确挺奇怪的。但愿是只可以猎杀的大猫。杂役们说这一带的确有一只个头非常大的家伙。"

"假如开枪，应该打它哪个地方才能把它撂倒？"麦康伯问。

"打两个膀子的中间。"威尔逊说，"假如办得到，就打它的脖子。瞄准骨头打，一枪放翻。"

"但愿能打得准。"麦康伯说。

"你的枪法是很好的。"威尔逊说，"沉住气，瞄准再开枪。头一枪就打中是至关紧要的。"

"开枪的距离呢？"

"很难说。这得看狮子的情况而定了。应该近一些，能够一枪射中，否则别开枪。"

"在一百码以内可以吧？"麦康伯问。

威尔逊飞快地瞥了他一眼。

"一百码是差不多的。也许要在一百码之内开枪射击。千万别远在一百码之外就莽撞射击。一百码是个很好的距离，想打哪个位置就打哪个位置。瞧，太太来啦。"

"早晨好！"玛格丽特说，"今天咱们去找那头狮子吗？"

"你把早饭吃完就出发。"威尔逊说，"感觉怎么样？"

"非常好。"她说，"我激动得不得了。"

"我去看看，把准备工作做好。"威尔逊说完起身要走。就在这时，那只狮子又吼了一声。

"这个大叫大嚷的讨厌家伙。"威尔逊说，"会让它叫不出声的。"

"你怎么啦，弗朗西斯？"做妻子的问。

"没什么。"麦康伯说。

"是有原因的。"她说，"是什么事叫你如坐针毡似的？"

"什么事也没有。"他说。

"告诉我实情。"她盯住他说，"感觉不舒服？"

"是被可恶的狮子吼叫声吵的。"他说，"要知道，它吼了整整一夜。"

"你为什么不把我叫醒。"她说,"我倒是喜欢听狮子吼叫。"

"我得杀了那讨厌的家伙。"麦康伯阴沉着脸说。

"哦,你到这儿来,不就是为了猎杀狮子吗?"

"是的。不过,有点紧张。一听见那畜生吼叫,我就神经紧张。"

"那好,那就按威尔逊说的,去杀掉它,让它再也叫不出声来。"

"好的,亲爱的。"弗朗西斯·麦康伯说,"听上去怪容易的,是不是?"

"你不害怕吧"

"当然不害怕。不过,听它吼了一夜,精神倒是有些紧张。"

"你会很漂亮地将它干掉的。"她说,"我知道你一定能。我真是渴望看到那场面哩。"

"把你的饭吃完,咱们这就出发。"

"天还没亮呢。"她说,"这个时刻不尴不尬的。"

就在这时,那头狮子从胸腔的深处发出一声呻吟,那声音突然变为喉音,继而调门升高,成为颤音,似乎连空气都随之颤抖。最后,那声音化为一声叹息和一种发自胸腔深处的呼噜声。

"听那声音，好像近在咫尺。"麦康伯的妻子说。

"天哪。"麦康伯说，"我讨厌那可恶的声音。

"听了，印象非常深刻。"

"还说印象深刻，简直是可怕！"

这时，罗伯特·威尔逊走了过来，手里拎着他那支又短又难看、口径大得惊人的505吉布斯猎枪，嘴角挂着微笑。

"走吧。"他说，"你的扛枪手把你的斯普林菲尔德步枪以及那支大枪都带上了。东西都装上车了。你有实心弹吗？"

"有。"

"我准备好了。"麦康伯夫人说。

"这次务必让它叫不出声来。"威尔逊说，"你坐前排，太太和我可以坐在后排。

大伙儿上了汽车，在灰蒙蒙的第一缕曙光中驱车穿过树林，向河的上游驶去。麦康伯打开步枪的后膛，看见里面装了金属壳的子弹，便合上膛门，推上了保险栓。他看到自己的手在哆嗦。他把手伸进衣袋去摸了摸子弹夹，然后又用手摸了摸上衣胸前环套里的弹夹。接着，他回头朝这辆没有门的箱式汽车的后座望了望——威尔逊和他的妻子就坐在那儿。那俩人兴高采烈，都咧着嘴笑呢。威尔逊把身子朝前探了探低声说：

"瞧那些鸟儿落下去了。这就是说，那只老狮子抛下被它咬死的猎物走了。"

麦康伯可以看见，在远处河岸上，一群秃鹫在树林的上空盘旋，然后垂直下落。

"那只狮子很可能是来这一带喝水的。"威尔逊悄声说，"在它去睡觉之前，得把眼睛睁大些。"

汽车慢悠悠地行驶在高高隆起的河岸上。在这一段，河水把满是石块的河床冲出了个深坑。他们在参天大树间迤逦而行。麦康伯仔细观察着对岸的动静，突然感到威尔逊用手抓住了他的胳膊。汽车停下了。

"它就在那里。"他听见威尔逊压低声音说，"在前方靠右的地方。你下车干掉它。那是一只非常棒的狮子。"

此时，麦康伯看到那只狮子了。它几乎完全侧身站着，将巨大的脑袋抬起，转向他们。清晨微风拂面，把狮身上的深色鬃毛微微吹起。狮子看上去是个庞然大物，于灰蒙蒙的晨曦中巍然挺立在隆起的河岸上，肩膀厚重，肚子像水桶般光滑、滚圆。

"它离这儿有多远？"麦康伯抓起枪问。

"大概有七十五码吧。你下车，干掉它。"

"为什么不叫我从车上开枪？"

"不能从车上开枪。"麦康伯听见威尔逊伏在他耳边说，"下车去，把它干掉。它不会老待在那儿等你的。"

麦康伯钻出前座旁的圆弧形开口，踩在踏板上，然后把脚落在了地面上。狮子仍站在那里张望，威武而冷静，望着这个在它眼里仅显现出轮廓的物体，样子像只超级大犀牛。人的气味没有传到它的鼻孔，于是它只是张望着，望着这个物体，巨大的脑袋微微左右晃动着。这个时候，它并不感到害怕。不过，面对着这样一个东西，它在走下河岸喝水之前有些犹豫。它看见一个人影从这个物体上下来，便把它那沉重的脑袋掉转开，晃晃悠悠向着树丛隐蔽地走去。此时只听啪的一声，它感到一颗 .30-06 的 220 格令 [1] 重的实心子弹击中了它的侧腹，胃里突然有一种火辣辣的烧灼感，令它直想呕吐。它抬起巨大的爪子小跑起来，脚步沉重，由于腹部受伤，身子一晃一晃的。就在它穿过树丛向高高的荒草那儿奔逃寻找隐身之处时，啪地又传来一声枪响，子弹擦身而过，把空气都撕裂了。接着又是一声响，它感到下肋被击中了，子弹射穿了它的躯体，一股滚烫的泛着泡沫的鲜血从嘴里奔涌而出。它向高高的荒草那儿快步飞跑，要找个地方卧下来，让人看不见，等拿着那个啪啪响东西的人走近时，就扑上去咬住他。

麦康伯走下汽车时，并没有想到狮子会有什么感觉。他

---

[1] 1 克令等于 0.0648 克。

只知道自己的两只手在发抖。离开汽车的当儿，连腿都快挪动不了了。他的大腿发硬，不过他却可以感到大腿上的肌肉在颤抖。他举起步枪，瞄准狮子的脑袋和肩膀相连接的地方，扣动了扳机。扣扳机他用了很大劲，觉得手指都快要断了，可是一点动静也没有。这时他才意识到，原来是保险栓没有打开。于是他将枪身放低，打开保险栓，同时又向前僵硬地迈了一步。狮子看见他的轮廓与汽车的轮廓分离开，便转身迈着碎步小跑走了。麦康伯开枪时，听见嗵的一声，说明子弹击中了目标，可是狮子仍在跑。他又开了一枪。大家看见子弹与跑动着的狮子擦身而过，在前方激起一股尘土。他又补了一枪，这次没忘了将枪口朝下低一些。人人都听见了子弹击中目标的声音。狮子开始飞奔，没等他推上枪栓，一溜烟钻进了高高的荒草丛里。

麦康伯站在原地，胃里感到一阵难受，手哆嗦不止，手里的斯普林菲尔德步枪仍处于瞄准状态。他的妻子和罗伯特·威尔逊走过来站在他身旁。那两个扛枪人也在跟前，用瓦坎巴土话叽里呱啦交谈着。

"我打中了。"麦康伯说，"击中了两次。"

"你击中了它的胃，还击中了它前身的某个地方。"威尔逊缺乏热情地说。那两个扛枪人停止了交谈，一个个都阴沉着脸。

"原来是可以一枪毙命的。"威尔逊又说了一句，"这下子得等一会儿，去看结果怎么样了。"

"你这是什么意思？"

"那就是等它不行了，咱们再找过去。"

"明白了。"麦康伯说。

"这头狮子相当棒。"威尔逊带着几分高涨的情绪说，"只可惜它跑进了一个糟糕的地方。"

"为什么说是糟糕的地方呢？"

"那是因为你看不见它，除非你迎面碰上。"

"明白了。"麦康伯说。

"走吧。"威尔逊说，"太太可以留在车里。咱们过去看看它留下的血迹。"

"你留在这里吧，玛戈。"麦康伯对妻子说。他嗓子眼干得冒烟，说话感到困难。

"为什么？"她问。

"威尔逊这么说的。"

"我们过去看看。"威尔逊说，"你留下，从这儿看更清楚。"

"好吧。"

接着，威尔逊操起斯瓦希里语对司机交代了一通。后者点点头说："遵命，先生。"

随后，他们走下陡峭的河岸，蹚过河水，绕过一块块大石头，用手抓住突出来的树根，登上了对岸。沿岸走去，他们找到了麦康伯开第一枪后，狮子跑过的地方。扛枪人用草茎指了指，只见矮草上有深红色的血迹，那血迹向前延伸，一直延伸到岸边的树丛后。

"接下来怎么办？"麦康伯问。

"没多少选择的余地。"威尔逊说，"汽车开不过来。河岸太陡。只好等它僵硬下来一些，咱们再过去查看一下。"

"就不能放把火烧草吗？"麦康伯问。

"草太青了。"

"那么，就不能派人用棍子击打草丛，赶它出来吗？"

威尔逊心里掂量了一下，用眼睛望着他。"此计当然可行。"他说，"只是有点太玩命了。咱们都知道，这头狮子是受了伤的。没受伤的狮子是可以赶的——它听见响动会躲开。而受伤的狮子会直接扑过来。你现在看不见它，除非跟它打个照面。它会平卧在一个你觉得连兔子也藏不住的地方，完全隐蔽起来。这种情况，是不便于派人过去的，那是送死。"

"叫扛枪人去看看怎么样？"

"哦，他们要守在咱们身边。这是他们的职责。对于这一点，他们是签了合同的。你瞧，他们有点不太高兴，是不是？"

"反正我是不愿过去的。"麦康伯说。他想也没想，话便脱口而出了。

"我也不愿去呀。"威尔逊乐呵呵地说,"不过,的确是别无选择了。"随后,他略作沉思,向麦康伯瞟了一眼,结果看见他抖如筛糠,脸上一副可怜巴巴的神情。

"当然喽,不一定非得要你去。要知道,雇我来就是干这种事情的。我的身价高也正因为如此。"

"你的意思是自己独身前往?为什么不让它待在那儿,非得去查看呢?"

罗伯特·威尔逊的职业就是跟狮子打交道,以及处理由狮子引出的问题,之前倒是没多想麦康伯,只是觉得他有点怯懦罢了,而现在他突然觉得自己开错了一扇旅馆的房门,瞧见了一种叫人害臊的现象。

"此话怎讲?"

"为什么不让它待在那儿,非得去查看呢?"

"你是说咱们假装什么事也没有,权当没有射中它?"

"不是的。仅仅丢下它别管就是了。"

"那是绝对不行的。"

"为什么不行?"

"一是因为它疼得死去活来,二是因为让其他人碰上会遭遇不测。"

"明白了。"

"不过，你不一定非得再管这件事了。"

"我还是愿意管的。"麦康伯说，"我只不过心里有些害怕罢了，这你是知道的。"

"咱们一起过去，我打头阵。"威尔逊说，"让康格尼断后。你随在我身后，稍微靠边一点。也许路上能听见它的吼声。看见它，咱们俩都开枪。什么顾虑都不要有。我会做你的后盾的。说实在的，你也许还是别去的好。那样会好得多的。你何不过河去跟太太在一起，让我把此事了结掉算了！"

"不，我还是想去看看。"

"那好吧。"威尔逊说，"不过，你如果心里不愿去，就别去了。现在这是我分内的事情了，这你知道的。"

"我心里是想去的。"麦康伯说。

他们在一棵树下席地而坐，吞云吐雾，抽起烟来。

"趁着在这里等待的工夫，想回去对太太说一声吗？"威尔逊问。

"不了。"

"那我就回去一下，叫她别着急。"

"好吧。"麦康伯说。他坐在那儿，胳肢窝里直冒汗，嘴发干，胃里觉得空空的。他恨不得能鼓起勇气来，对威尔逊说一声，让他独自去结果掉那头狮子。他不知道威尔逊心里窝着火，因为之前没发现对方有发怒的征兆，于是就由着对方去见他的妻子了。威尔逊返回时，他仍坐在原地。"我把你的大枪取来了。"威尔逊说，"你把它拿上。等的时间大概也够了。咱们走吧。"

麦康伯将大枪接过来，只听威尔逊说：

"跟在我后边，靠右首大概五码就行了。我让你做什么，你就严格按我的话去做。"随后，他又用斯瓦希里语向两个扛枪人交代了一通，而听话的人表情凝重。

"咱们出发。"末了他说。

"能先喝口水吗？"麦康伯问。那个年纪大一些的扛枪人皮带上挂着一个水壶，威尔逊对他说了一声，他便将水壶取下来，拧开盖子，然后把水壶递给了麦康伯。麦康伯接过来，觉得水壶沉甸甸的，毛毡水壶套毛刺刺的，一摸就知道是劣质品。

他拿起水壶喝水，顺便望了一眼前方的高草以及高草后面的平顶树丛。一股微风吹来，荒草在微风中轻轻摆动，形成了一道细浪。他瞧瞧身旁的扛枪人，可以看出对方也在经受着恐惧的折磨。

在荒草丛中三十五码的地方，那头大狮子平卧在地上，两只耳朵朝后，一动不动，只是微微地把它那长长的穗状的黑尾巴上下拍打几下。一来到这块藏身之地，困难的境况就出现了。圆滚滚的肚子被子弹射穿，使它痛苦万分，而肺部中的那一枪叫它虚弱了下来，每呼吸一次，就有稀薄的血沫从嘴里涌出。它的腰部湿湿的，热乎乎的滚烫，实心弹在它褐色的毛皮上留下的小枪眼上爬满了苍蝇。它那黄色的大眼睛充满了仇恨，眯成了一条缝，直端端望着前方，只有在呼吸时感到疼痛，才眨巴一下。它的爪子插入松软的干土里。所有的疼痛、难受和仇恨都凝聚在了一起，与残存的力量融合在一处，形成一股聚合力，时刻准备扑向来犯之敌。它可以听见人的说话声，于是便耐心等待着，调动起每一根神经，准备等那些人一进草丛就冲上前去。听到人类的说话声，它的尾巴变硬了，上下抽打着。当那几个人走到草地边时，它嗓子眼发出呼噜一声咳嗽，忽地冲了过去。

那个叫康格尼的年纪大些的扛枪人正走在前头查看血迹，而威尔逊望着草丛观察动静，拿着枪随时准备射击。另外一个扛枪人眼睛注视着前方，竖耳倾听着。麦康伯贴近威尔逊走着，手里端着步枪。刚一进草丛，麦康伯便听见狮子的嗓子眼被血呛住而发出的呼噜咳嗽声，见荒草里有东西唰地扑了上来。他吓得掉头便跑，一路狂奔，没了魂似的跑到空旷的野地，接着向河边逃命。

此时，他听见轰隆一声！那是威尔逊的大枪射击的声音。接着又是一声轰隆，震耳欲聋。转过身来，他看见了那头狮子，样子很惨，好像半个脑袋都不见了，还拼命地朝高草地边的威尔逊跟前爬。而那个红脸汉子端着那支难看的、短短的步枪，推上枪栓，仔细瞄准，开了一枪，枪口又发出轰隆一声响。正在爬动的、沉重的黄黄的狮子躯体逐渐变得僵硬了，而它那个巨大的、残缺不全的头颅向前耷拉下来。麦康伯独自一人站在他逃跑时穿过的那块空地上，手里拿着上好了子弹的步枪，而那两个黑人和那个白人回过头来轻蔑地看着他。他知道狮子已经死了。他抬腿向威尔逊走去，感觉就连他高高的个子对他似乎也是赤裸裸的谴责。威尔逊看了他一眼说：

"想照相吗？"

"不了。"他说。

返回汽车的路上，谁都没有再说一句话。到了汽车跟前，才听见威尔逊说道：

"这头狮子真够棒的。让伙计们剥皮，咱俩可以到阴凉地歇歇去。"

麦康伯的妻子对丈夫看也不看，他也没有看她。两口子坐在后排，威尔逊坐在前排。当丈夫的曾一度伸出手，拉住了妻子的手，眼睛却没有看她，而后者把手抽了回去。目光越过小河投向那两个扛枪人剥狮子皮的地方，他可以看出妻子将全过程都瞧在了眼里。两口子呆坐时，妻子朝前探探身子，把手搭在了威尔逊的肩膀上。威尔逊转过头来，而她欠起身子，趴在低矮的座位靠背上，在他的嘴上亲了一口。

"啊,哎呀。"威尔逊叫了一声,原本就红的脸变得更红了。

"这是给你的,罗伯特·威尔逊先生。"她说,"英俊潇洒、红脸膛的罗伯特·威尔逊先生。"

说完,她又在麦康伯身旁坐了下来,眼睛却望着河对岸狮子横尸的地方,只见狮子的两条前腿朝天,皮正在被那两个黑人剥掉,露出白白的肌肉、腱子肉以及鼓胀、雪白的肚皮。最后,扛枪人干完活,把一张又湿又沉的狮子皮扛了回来,先是卷在一起,然后带着它爬上了汽车的尾部。汽车启动了。在返回营地的路上,没有一个人说话。

这就是猎狮的经过。那头狮子在开始发动攻击之前,以及在攻击的过程中被一颗初速度达两百英里的505子弹以难以置信的冲击力射中嘴,究竟感觉怎么样,麦康伯不得而知。他也不知道在第二声枪响打烂了它的后半身,而它依然向那个轰隆作响、断送了它生命的东西爬去,心里究竟有什么感受。对于这些,威尔逊是知道一些的,仅仅用这么一句话来表达:"简直是一头非常棒的狮子。"可是,至于威尔逊心里有什么感受,麦康伯是不知道的,他也不知道妻子的感受,只知道她心里已经和他决裂了。

妻子以前也跟他决裂过,但时间都不很长。他很有钱,以后会更有钱,所以他知道,即便现在她也不会离开他的。

他真正知道的事情并不多，而这是其中之一。除此之外，他还知道摩托车（那是早年的事情了）和汽车方面的事情，知道怎样打野鸭、钓鱼（有鳟鱼、鲑鱼以及海鱼），知道书里的性爱故事（这方面的书很多，简直不计其数），熟知球类运动，知道怎样养狗（对于养马不太了解），知道怎样捂紧自己的钱口袋，对于他这个圈子遇到的情况大多都知道，还知道妻子绝不会离开他。妻子一直都是个大美女，在非洲仍是个大美女，但在国内却再也算不上绝色了，所以根本离不开他去享受更阔绰的人生，对此他俩都心中有数。她已经错失良机，无法再离开他了，这一点他是知道的。假如他善于猎艳，那她也许会多几分忧虑，害怕他另寻新欢，娶一房漂亮妻子，可是她对他太了解了，知道不必为此操心。再说，他一直都很宽宏大度，倘若这不是最大的弱点，那就是他最大的优点了。

　　总而言之，在别人眼里，他们是一对比较幸福的夫妻。这类夫妻，尽管街坊经常有谣传说要散伙，也绝对不会各奔东西的。至于他们到所谓的"黑非洲"狩猎，一位社交生活专栏记者说是"意义大于为他们备受羡慕、固若金汤的浪漫生活添几分冒险的色彩"。黑非洲是由马丁·约翰逊夫妇[1] 照

----

[1] 同为美国著名电影摄影师。

亮的，他们在非洲猎取狮子、野牛和大象，为自然史博物馆收集标本，并将这些场面拍成了多部电影。要说麦康伯两口子的关系，还是那位专栏记者报道说过他们曾三次濒于离婚，实情也的确如此。不过，他们每一次都会重归于好，因为他们有着坚实的婚姻基础。玛戈太漂亮了，让麦康伯欲离难舍，而麦康伯的钱太多了，叫玛戈根本离不开他。

此刻大约是夜里三点钟。弗朗西斯·麦康伯自打不再想那头狮子之后，稍微睡了一会儿，接着便睡睡醒醒的。他做了个梦，梦见那头狮子站在他面前，脑袋上血淋淋的，吓得他醒了过来。他侧耳听听动静，心里扑通乱跳。他看看帐篷里另一张小床，发现妻子不在上面。他躺在那儿左思右想，有两个小时的时间。

两个小时后，他的妻子回到了帐篷里，撩起蚊帐，舒舒服服爬到了床上。

"你去哪儿啦？"麦康伯在黑影里问。

"哦。"她回了一声，"醒着呢？"

"到哪里去了？"

"出去吸了口新鲜空气。"

"胡说八道。"

"你想让我说什么呢，亲爱的？"

"你到底去哪儿了？"

"去呼吸新鲜空气了呀。"

"这倒是个新借口。你这个骚货。"

"你呢？你是个胆小鬼。"

"胆小鬼就胆小鬼。"他说，"那又怎么样？"

"至于我，我不会怎么样的。算啦，不要再说了，亲爱的，我都快困死啦。"

"你以为我什么气都能咽得下去。"

"我知道你能咽得下去的，小心肝。"

"哼，我咽不下这口气。"

"求求你，亲爱的，别说了，我都快困死啦。"

"这种事是不应该发生的。你是答应过我的。"

"唉，现在事情已经如此了。"她语气甜蜜地说。

"你说过这次来旅行，你是不会干这种事情的。这你是许过诺的。"

"不错，亲爱的。我的确是这么想的。可是，昨天把一切全给毁了。此事就不说了，好不好？"

"一有机会，你就急不可耐，对不对？"

"请别说了，我困极了，亲爱的。"

"我就是要说。"

"那你就说你的吧，我反正是要睡了。"话刚说完，她就睡着了。

次日天未亮，三人坐在桌旁吃早餐。弗朗西斯·麦康伯觉得，在所有的仇人中，罗伯特·威尔逊是他不共戴天的头号仇敌。

"睡得还好吧？"威尔逊一边用他那喉音问了一声，一边往烟袋里装着烟丝。

"你呢？"

"好极啦。"白人猎手说。

"你这个王八蛋，嚣张的王八蛋！"麦康伯在心里骂道。

"看来，她进帐篷时把他给吵醒了。"威尔逊心想，一边用缺乏表情、冷冰冰的眼睛打量着那两口子，"哼，他为什么就不能管住自己的妻子，让她待在应该待的地方呢？他把我当成了什么——一尊麻木的石膏圣徒像吗？要怪都怪他管不住自己的妻子。毛病出在他自己身上。"

"你觉得咱们能找到野牛吗？"玛戈把一盘杏子推开，启口问道。

"机会是有的。"威尔逊冲她笑了笑说，"你为什么不留在营地里呢？"

"那是绝对不行的。"她说。

"你为什么不下一道命令，叫她留在营地里？"威尔逊对麦康伯说。

"这道命令还是由你下吧。"麦康伯冷冰冰地说。

"就不要下什么命令不命令的了。"玛戈转过身对麦康伯说。接着,她又语气欢快地冲着威尔逊说:"你呢,就不要冒傻气了。"

"准备好出发了吗?"麦康伯问。

"随时都可以走。"威尔逊说,"你愿意让太太也跟着去吗?"

"我愿不愿意又管什么用呢?"

罗伯特·威尔逊心想:"真是活见鬼!简直糟得一塌糊涂。早知道就会闹成这样。唉,事已至此,只能这样了。"

"是的,是不管用。"他说。

"你敢肯定你不想陪她留在营地,让我自己去打野牛吗?"麦康伯问。

"这行不通。"威尔逊说,"我要是你,就不会说这么难听的话。"

"这不是说什么难听的话,而是我觉得恶心。"

"恶心就是一个难听的字眼。"

"弗朗西斯,你能不能说些通情达理的话!"麦康伯的妻子说。

"我的话他妈的太通情达理了。"麦康伯说,"你吃过这么脏的东西吗?"

"难道这食物有问题吗?"威尔逊不动声色地问。

"食物有问题，一些别的事情问题更大。"

"我这就让你放下心来，先生。"威尔逊波澜不惊地说，"这里有个负责饭菜的杂役，他懂一点英语。"

"让他见鬼去吧。"

威尔逊起身抽着烟走开了，对一个正站在那儿等他的扛枪人用斯瓦希里语说了几句话。麦康伯和妻子仍坐在桌旁。他把眼睛盯在咖啡杯上。

"如果你胡闹，我就离开你，亲爱的。"玛戈平静地说。

"不，你不会的。"

"你可以试试看。"

"你绝不会离开我的。"

"那好。"她说，"我不离开你，可你要放规矩些。"

"让我放规矩些？说的是屁话。要放规矩些的是你自己。"

"是你。是你应该规矩些。"

"你为什么就不能做出努力，注意注意自己的行为呢？"

"我努力了，努力了很长时间，很长很长时间。"

"我讨厌那个红脸猪猡。"麦康伯说，"一看见他，我就恨得牙根痒痒。"

"他是个挺不错的人。"

"哼，你还是闭上嘴吧。"麦康伯几乎吼了起来。就在这时，汽车开了过来，停在了餐厅帐篷前，司机和那两个扛枪人下了车。威尔逊走了过来，看了看仍坐在餐桌旁的这对夫妻。

"去打猎吗？"

"去。"麦康伯说着站起了身，"去的。"

"最好带件毛衣。车上有些凉。"威尔逊说。

"我去把我的皮夹克拿上。"玛戈说。

"杂役已经拿来了。"威尔逊对她说。他说完爬上车，坐到了前排，跟司机在一起，而弗朗西斯·麦康伯和妻子谁都没说话，坐到了后排。

"但愿这个愚蠢的家伙别一冲动，开枪把我的后脑勺打掉。"威尔逊暗自思忖，"打猎时带着女人真不方便。"

在灰蒙蒙的晨曦中，汽车嘎吱嘎吱开下河岸，从一处鹅卵石浅滩过了河，然后走之字形路，爬上对面陡峭的河岸。昨天威尔逊叫人开出了一条路来，这样汽车就能开到远处去了——那儿林木茂盛，连绵起伏，跟猎苑一样。

"真是个美好的早晨。"威尔逊心想。露水很重。汽车轮子碾过青草和低矮的灌木丛，可以闻到被碾碎了的蕨叶散发出的清香。这气味和马鞭草的气味很像。汽车行驶在这一片人迹罕至的猎苑似的地带，而他欢喜地嗅着清晨露水的气味，嗅着被碾碎的蕨类植物散发的芳香，欣赏着在晨雾里

隐隐发暗的一根根树干。此刻，他把后排的那两口子忘到了
九霄云外，心里盘算着打野牛的事情。他要猎杀的野牛白天
待在沼泽泥地里，根本无法到跟前猎杀。可是在夜间，野牛
会来到这一片空地上吃草。如果把汽车开过去，阻断它们回
沼泽地的路径，麦康伯的机会就来了，可以在这开阔地开枪
射击。他并不想和麦康伯来这块林木茂盛的地方打野牛。不
管是打野牛还是别的什么猎物，他压根就不愿意跟麦康伯在
一起。不过，他毕竟是个职业猎手，曾经陪许多稀奇古怪的
人一起打过猎。假如今天能猎杀到野牛，接下来该猎杀的就
只剩下犀牛了。那时，这个可怜的家伙就可以结束这种危险
的游戏了，情况也许能好转。那时，他就斩断跟这个女人的
情缘，而麦康伯也会恢复过来的。看上去，这种事情麦康伯
一定经历过不少。真是个可怜蛋！他一定有自己的方法恢复
过来的。唉，这个可怜虫，要怪也要怪他自己。

　　他，罗伯特·威尔逊，每次打猎都带着一张双人床，准
备迎接任何飞来的艳遇。他陪各种国籍的客户打猎，有些客
户放荡不羁、玩世不恭。有些女客户如果不和这位白人猎手
分享一下他的双人床，就觉得自己的钱花得不值。在交往中，
有些女人他还是挺喜欢的，可是一旦分手，便从心里瞧不起
她们。不过，话又说回来，他是靠这些人谋生的。只要受雇
于他们，他们的标准就是他的标准。

只有在打猎时，他们要服从于他的标准。对于打猎，他是有自己的标准的，客户要是不服从，那就请他们另寻高手去。他很清楚，客户们为此对他心怀敬意。不过，这个麦康伯却是个怪家伙，简直古怪极了。他的那个妻子……他的那个妻子嘛……唉，他的那个妻子嘛……想到此处，他就不再往下想了，而是回头看了看那两口子——麦康伯阴沉着脸，怒容满面；玛戈则冲他嫣然一笑。她看上去比平时年轻、天真，也比平时水灵，这种美并非矫揉造作的美。天知道她心里在想什么。昨天夜里，她的废话不多。就冲这一点，他还是蛮愿意见她的。

汽车爬上一个小土坡，穿过树林，来到了一片开阔的草地上，望上去像大草原一样。他们在树的遮蔽下贴着草地边走，司机把车开得很慢，威尔逊仔细观察着草原的动静，然后把目光投向远处。他让汽车停下，用望远镜瞭望了一番。随后，他叫司机继续把车朝前开。汽车慢慢行驶，一路绕过疣猪挖的洞穴，以及蚂蚁筑起的土围子。威尔逊扫视着开阔地，后来突然转过身说：

"上帝呀，它们原来在那儿！"

汽车颠簸着冲上前去，威尔逊用斯瓦希里语对司机说着什么。麦康伯顺着他指的方向望去，看见了三个庞然大物般的黑色野兽，身躯既长又大，几乎呈圆柱形，看上去像黑颜色的大油罐车，此时在开阔的草地上顺着远处的边缘飞奔。它们快如风，脖子僵硬，身子也硬挺挺的，脑袋前抵，一动不动，一对宽宽的黑犄角向上翘起。

"那是三只老公牛。"威尔逊说，"咱们去把它们的路截断，别让它们跑进沼泽地。"

汽车以一小时四十五英里的速度在草地上狂奔。麦康伯观望着，看见野牛变得越来越大，最后看清了其中一只大个子公牛的样子——灰色、无毛、满身疥癣、脖子和肩膀连在一起、一对犄角黑得发亮。它跟着同伴们，在稍微靠后一点的地方，三只公牛排成一列，迈着稳稳的步伐向前冲去。汽车颠了颠，摇晃了几下。车开到跟前时，可以看到奔逃的公牛是多么庞大，稀稀拉拉长着几根毛的牛皮上满是尘土，可以看到它那宽宽的犄角管，以及那张得大大的、宽宽的鼻孔。他一边看着一边拿起了步枪。此刻只听威尔逊大叫一声："笨蛋，别从车上开枪！"此时他毫无畏怯之心，只有对威尔逊的仇恨。司机踩了一脚刹车，汽车猛地停住，车身向旁边一斜。没等车停稳，威尔逊从一侧跳下车，而他从另一侧跳下车，双脚踏上好像仍在快速移动的土地，不由打了个趔趄。他朝着逃窜的公牛开了一枪，听见子弹砰的一声射进了牛身子，接着一枪又一枪，把子弹全打光了，而公牛仍在迈着稳稳的步子奔逃。这时他才记起应该朝前瞄一些把子弹射入牛的肩膀。正当他摸索着重新上子弹时，他看见那只公牛倒下去了，跪在地上，巨大的头颅朝上扬了扬。另外两只牛仍在飞奔，于是便向前边那只射击，一枪命中。他又开了一枪，这次打偏了，却听见轰隆一声巨响，原来是威尔逊开了枪。只见前边那只牛向前一窜，一个倒栽葱倒了下去。

"打另外一只！"威尔逊说，"现在才是你亮枪法的时候。"

另外那只公牛仍在疾奔，步子还是那么稳。他开了一枪，没打中，扬起一股尘土，威尔逊开枪也打偏了，子弹着地处升起一片尘云。只听威尔逊大叫一声："咱们追去。隔得太远了！"随即一把拽住了他的胳膊。二人回到车上，一边一个站在踏板上，汽车左右摇晃着在坑洼不平的地面上飞驰，逼近那只硬着脖子、迈着稳稳步子向前冲的公牛。

汽车追到了公牛的身后。麦康伯给枪里装子弹，几颗子弹掉在了地上，而枪膛里卡了壳，等他排除了障碍，汽车眼看就追上公牛了。此时却听见威尔逊喊了一声"停车"，汽车一个急刹车，差点没向旁边侧翻。麦康伯身子朝前一倾，然后站稳了脚跟。他咔地推上枪栓，尽可能向前瞄准，对着那只狂奔不止的公牛，向它那圆滚滚的黑色脊背开了一枪，接着又一枪一枪地持续射击，枪枪命中，但可以看到没有一枪是致命的。这时，威尔逊开枪了，声音大得能把耳朵震聋，只见公牛脚步一踉跄。麦康伯仔细瞄准，又开了一枪，公牛倒了下去，跪在了地上。

"很好。"威尔逊说，"干得漂亮，三只全报销了。"

麦康伯高兴得飘飘欲仙。

"你开了几枪？"他问道。

"只开了三枪。"威尔逊说，"头一只是你打死的。那只最大。另外两只是我帮了你一把，把它们撂倒了，怕的是它们会躲起来。反正它们都是你干掉的，我只是帮衬了一把罢了。你的枪法棒极了。"

"走，回车上去。"麦康伯说，"我想喝上一杯。"

"先把这只牛结果了再走。"威尔逊说。那只牛跪在地上，见他们走上前去，便狂怒地摆动着脑袋，牛眼圆睁，怒气冲天地大吼大叫。

"小心点，别让它站起来。"威尔逊叮咛道，"站得稍微偏一些，对准它的耳朵根，在它脖子上来一枪。"

麦康伯仔细瞄准公牛那粗壮、愤怒地摆来摆去的脖子，冲着脖子的正中心开了一枪。枪声一响，公牛的脑袋耷拉了下来。

"这下好了。"威尔逊说，"打到脊椎上了。这几只牛看上去很棒，是不是？"

"走，喝酒去吧。"麦康伯说。他感觉好极了，一生中从来都没有过这样好的感觉。

他的妻子正坐在车上，脸色惨白。"你真是棒极啦，亲爱的。"她对丈夫说，"车开得快极了。"

"颠簸得厉害吗？"威尔逊问。

"吓死人啦。我这一生从来都没有这样害怕过。"

"大家伙都来喝酒吧。"麦康伯说。

"乐于从命。"威尔逊说，"先让太太喝一口吧。"

玛戈接过酒瓶喝了一口精纯的威士忌，把酒咽下肚时身子哆嗦了一下。接着，她把酒瓶递给了麦康伯，而后者随手将其给了威尔逊。

"刺激、惊悚。"她说，"看得我脑袋疼得厉害。你们可以从车上开枪，这我是不知道的。"

"没有人从车上开枪呀。"威尔逊用冷冷的语气说。

"我是说驱车追赶它们。"

"一般情况下是不会这样做的。不过，驱车追赶，我觉得很好玩。开车穿过坑坑洼洼的平原，险情不断，这比徒步狩猎更具冒险性。每次开枪，野牛一发性子，都有可能会向我们冲来。它有的是机会。此事不便向任何人提起，说起来这可是违法的。"

"乘坐汽车追赶那些可怜无助的大牲口，"玛戈说，"在我看来十分不公平。"

"是吗？"威尔逊说。

"假如内罗毕[1]得知这种情况，会怎么样呢？"

"首先，会吊销我的执照。除此之外，还会有其他不愉快的事情。"威尔逊拿起酒瓶喝了一口说，"那时，我就没饭碗了。"

"真的？"

"是真的。"

"好呀。"麦康伯说，一天里头一次露出了笑容，"这下子她可抓住你的短处了。"

"瞧你把话说得多难听，弗朗西斯。"玛戈•麦康伯说。

威尔逊看了看这两口子，心想："半斤的男人娶了个八两的妻子，谁知道他们的孩子会是几斤几两呢。"心里这么想，他嘴上说的却是另一码事："一个扛枪人不见了。你们注意到了吗？"

"我的上帝，没注意到。"麦康伯说。

"哦，他过来了。"威尔逊说，"没事的。他肯定是打完第一只公牛开车走的时候摔下车了。"

那个中年扛枪人一瘸一拐地在渐渐走近。他头戴编织帽，上身穿卡其布衫，下穿短裤，足蹬橡胶凉鞋，阴沉着脸，一副

---

[1] 东非肯尼亚的首都。

闷闷不乐的表情。走到跟前时，叽哩呱啦地用斯瓦希里语冲威尔逊大声说了些什么，大家都看到这位白人猎手脸色大变。

"他说什么来着？"玛戈问。

"他说头一只公牛站起来，藏进灌木丛里去了。"威尔逊说，声音里一点波动都没有。

"哦？"麦康伯茫然地说。

"这次又要跟打狮子那次一模一样了。"玛戈充满期待地说。

"跟打狮子那次没有一点相似之处。"威尔逊说，"还要来口酒吗，麦康伯？"

"谢谢，再来一口吧。"麦康伯说。他以为猎狮子时的那种感觉又会回到心头，但这样的情况没有出现。他平生第一次真正有了一种毫无畏惧的感觉。代替畏惧感的是显而易见的喜悦情绪。

"走去看看第二只公牛。"威尔逊说，"我叫司机把车停在阴凉地。"

"去干什么来着？"玛格丽特·麦康伯问。

"去看看公牛。"威尔逊说。

"我也去。"

"那就走吧。"

三个人来到开阔的野地，只见第二只公牛躺在那儿，又黑又大，脑袋向前耷拉在草地上，两只犄角朝两边分开，中间隔得很宽。

"这只公牛的头真是漂亮。"威尔逊说，"两只犄角之间的距离差不多有五十英寸。"

麦康伯兴致勃勃地望着那只牛。

"样子狰狞可怕。"玛戈说，"能不能到阴凉地里去？"

"当然可以。"威尔逊说。随后他又用手指着对麦康伯说："看见那片灌木丛了吗？"

"看见了。"

"第一只公牛就躲在了那里。那个扛枪人说，他摔下车时，那只牛正躺在地上。他光顾着看咱们拼命追赶另外两只逃窜的牛了，后来瞧了瞧跟前，见躺在地上的牛站了起来，正盯着他望呢。他吓得撒丫子就跑，而那只牛慢慢悠悠地走开，躲进了那片灌木丛里。"

"是不是需要进去把它找出来？"麦康伯急切地问。

威尔逊打量了他几眼，心想："真是邪了门了。昨天他还吓得屁滚尿流，今天就天不怕地不怕了。"

"暂时别去，让它再活一会儿。"

"还是到阴凉地里去吧。"玛戈说。她脸色苍白，像病了一样。

三人寻路回到汽车跟前（汽车停放在一棵枝叶宽展如盖

的孤树底下），全都爬上了车。

"也许它已经死在了那里。"威尔逊说，"过一会儿咱们去看看。"

麦康伯莫名其妙地感到一阵狂喜，那是一种以前从未体验过的狂喜心情。

"上帝呀，去追杀它！"他说，"这种激动的心情我以前从未有过。真是扣人心弦，你说是不是，玛戈？"

"我讨厌。"

"为什么？"

"反正我就是讨厌。"她痛苦地说，"我感到的是厌恶。"

"要知道，我觉得自己以后什么都不会再害怕了。"麦康伯对威尔逊说，"自打一看见公牛，并开始追杀时，我的内心就发生了变化，就像有一道堤坝决了口一样。这是一种彻彻底底的激动心情。"

"就像是五脏六腑被水清洗过了一样吧？"威尔逊说，"一些奇怪的现象的确会发生在人们身上。"

麦康伯满面生辉。"要知道，我身上的确发生了变化。"他说，"我感觉自己像变了一个人一样。"

他的妻子什么也没说，以异样的目光看了看他。她身子靠后坐在座位上，而麦康伯身子前倾跟威尔逊滔滔不绝地说话，后者则扭过身隔着前排的椅背回话。

"要知道，我很想再去猎杀一头狮子。"麦康伯说，"现在，我对狮子真的不感到害怕了。说到底，它们能把你怎么样呢？"

"是这么回事。"威尔逊说，"大不了就是命一条嘛。那是怎么说的来着？莎士比亚说得真他妈的好。让我想想，看能不能想起来。啊，说得真是太精彩了。以前有段时间，我倒是经常引用他这段话的。大概是这么说的："说实在的，我对死亡并不在乎。人生在世谁无死？人人都欠上帝一条命，该怎么还就怎么还吧，今年死了，明年就不用死了。'[1]你说精不精彩？"

一口气说出了自己的生活信条，他觉得很不好意思。不过，男人突然长大成熟，这他是见过的，每一次见了心里都大受感动。这种感动可不是看见人们过二十一岁生日时的那种感动。

由于一次奇异的机会参加狩猎，没有事先精心筹划，而是仓促行动起来，结果这种变化发生了麦康伯身上。不管它是怎么发生的，铁的事实是它已经发生了。威尔逊心想，现在再看看这个家伙吧！有些人在很长时间里都是小孩子，有些甚至终生都是小孩子，都五十岁了还一身孩子气。美国

---

[1] 出自莎士比亚《亨利四世》。

男人就是孩子气十足，真是一些奇怪的人。不过，他现在喜欢上了麦康伯。这个家伙怪怪的。也许，这意味着他和玛戈暧昧的关系结束了。啊，那将是大好的事情！一件非常好的事情！这个窝囊废大概一直都唯唯诺诺的，不知是什么原因造成的，而现在这种现象结束了。他刚才没有时间对公牛产生害怕的心情，再加上肚子里窝了一团火，还有汽车也发生了作用——汽车消除了一些生疏感。反正他现在成了一个英勇无畏的人。战争中也见过这种转变，转变之大胜过失去童贞之时。恐惧感消失了，像做手术被割除了。取而代之的是另一样东西，一样男人所应该具有的重要东西——正是这种东西使男人成为男子汉。对于这种东西，女人是很清楚的。总之，麦康伯已经丝毫没有恐惧之心了。

玛格丽特·麦康伯从座位的角落里打量着这两个男人。威尔逊没有变化，还是昨天那个男人——当时她第一次发现他是个很有本事的人。而在弗朗西斯·麦康伯身上她看出了变化。

"对于即将发生的事情，你有没有一种兴奋的感觉？"麦康伯仍沉浸在一片全新的天地里，于是这样问道。

"这种心情是不应该讲出来的。"威尔逊看着对方的脸说，"还不如说自己感到害怕，这样倒时尚得多。注意，你还会害怕的，还会害怕许多次呢。"

"但对这一次即将采取的行动，你有没有一种兴奋的感觉？"

"有。"威尔逊说，"有倒是有的，只是不要多说就是了。话说多了，就没有意思了。话说三遍淡如水嘛。"

"你们俩闲扯个啥劲！"玛戈说，"就因为开着汽车追杀可怜无助的动物，你们说起话来就像英雄人物一样！"

"对不起。"威尔逊说，"我空话说太多了。"他心里觉得她在为此担惊受怕。

"如果你不知道我们在谈什么，为什么就不能不要干涉呢？"麦康伯问妻子。

"你一下子变得异常勇敢了，怪突然的。"他妻子以轻蔑的语气说，但这种语气缺乏底气，像是有很大的顾忌。

麦康伯哈哈大笑了起来，开怀大笑了起来。"我是变了。"他说，"的确变了。"

"这变化是不是来得太晚了些？"玛戈苦涩地说。这许多年来，她已经竭尽全力了。一个巴掌拍不响，目前的状况并不是她一个人造成的。

"对我而言并不晚。"麦康伯说。

玛戈没吱声，又坐回了角落里。

"你看咱们给它的时间够长了吧？"麦康伯高高兴兴地问威尔逊。

"可以去看看了。"威尔逊说，"实心弹还有吗？"

"扛枪人那里还有一些。"

威尔逊用斯瓦希里语喊了一声，那个年纪大些的扛枪人正在剥公牛的头皮，听见后直起身来，从衣袋里掏出一盒实心弹，走过来递给了麦康伯。麦康伯给弹仓里装满子弹，将剩余的放入了自己的衣袋。

"你可以用斯普林菲尔德步枪打。"威尔逊说，"这是你用惯了的。把这支曼利彻尔步枪留在车上让太太看管。你的扛枪人替你拿上大枪，我自己拿着这'大炮'。接下来我给你介绍一下情况。"他把这一项放到最后，是不想让麦康伯生出顾虑来。"公牛冲过来时，会把头扬得高高的，端直朝前冲。犄角管护着它的大脑，子弹打不穿。要打只能直接打它的鼻子，还有一处可打的地方是它的胸脯。如果你是在侧面，就打它的脖子或肩膀。一枪没有毙命，要最后结果它可就费事了。你可不要耍什么新花样。找最致命的地方打。他们把牛的头皮剥完了。咱们出发吧？"

他冲着那两个扛枪人喊了一声，二人擦着手走了过来，那个年纪大些的坐到了汽车尾部。

"我只带康格尼。"威尔逊说，"另一个留下来轰鸟。"

汽车慢慢悠悠穿过开阔的野地，向那片岛屿一样的灌木林开去。那片灌木林看上去形状像舌头，枝叶纵横交错，沿着一条经过洼地的干涸河道延伸。麦康伯觉得自己的心怦怦乱跳，又一次感到嘴发干，不过不是由于恐惧，而是激动所致。

"它就是从这儿钻进去的。"威尔逊说。接着，他用斯瓦希里语对那个扛枪人说："顺着血迹朝前找。"

汽车开到与灌木林平行的地方，麦康伯、威尔逊和那个扛枪人一起下了车。麦康伯回头望了望，看见妻子在盯着他瞧，身旁放着那支步枪。他冲她挥了挥手，而对方没有挥手作答。

灌木长得非常稠密，地面干干的。那个中年扛枪人汗流不止。威尔逊朝下压了压帽子，把帽檐遮在眼睛上方，红红的脖子正好挡在麦康伯前边。

突然，那个扛枪人用斯瓦希里语对威尔逊说了句什么，随后向前跑去。

"牛已经死了。"威尔逊说，"干得漂亮。"说完，他一把抓起了麦康伯的手，二人一边握手一边冲对方咧着嘴微笑。就在这时，耳旁传来了扛枪人的狂呼乱叫声，接着就见他斜身从灌木林冲了出来，快得像一阵风，而那只公牛紧随其后，牛鼻子前伸，嘴巴紧闭，鲜血淋漓，巨大的脑袋直直地朝前戳着，猛地冲了过来，眼睛小得似猪眼，布满了血丝，死死盯着他们。走在前边的威尔逊跪下射击，麦康伯也开了一枪，由于威尔逊的枪响声太大，他没有听见自己的枪声，只看到公牛巨大的犄角管碎片纷飞，像是瓦片被击碎了一样。

牛头猛地摆了摆，他朝着宽宽的牛鼻孔又开了一枪，却见牛犄角又震动了一下，随之碎片纷飞。此刻，他看不见威尔逊了，只见野牛那庞大的身躯山一样压了过来，便仔细瞄准，又开了一枪。他的枪管几乎快碰到了那急速冲过来的牛头和前伸的牛鼻子。他可以看到那双邪恶的小眼睛，接着看见牛头开始下垂。他感到自己的脑袋里猛地白光一闪，火一样热，让人睁不开眼睛——这就是他所有的感觉了。

刚才，威尔逊闪身躲到一旁，朝着公牛的肩膀开了一枪。麦康伯则站在原地，朝牛鼻子开枪，每一次都偏高一些，击中的是沉重的牛犄角，像击中了房瓦一样，打得牛犄角碎片纷飞。麦康伯夫人见牛犄角眼看就要戳到丈夫，急忙用那支6.5口径的曼利彻尔步枪向野牛开枪，结果却射中了丈夫，打在了他脑袋底部朝上约两英寸，向旁边稍微偏一些的地方。此时，弗朗西斯·麦康伯倒了下去，脸朝下，而公牛躺在旁边不到两码远的地方。他的妻子跪在他跟前，威尔逊守在她身边。

"我觉得还是不要把他的身子翻过来了。"威尔逊说。

玛戈歇斯底里地痛哭流涕。

"我回车上去。"威尔逊说，"那支步枪在哪里？"

她摇了摇头，面部已经变了形。那个扛枪人把步枪捡了起来。

"把它留在原来的地方！"威尔逊说，"你去把阿卜杜拉找来，让他对事故现场做个见证。"

随后，他跪下来，从衣袋里取出一块手帕，盖在弗朗西斯·麦康伯那头发短得像水手发型一样的脑袋上。鲜血浸入了松软的干土里。

威尔逊立起身子，看了看侧躺着的野牛，见它腿伸得直挺挺的，肚皮上的毛稀稀拉拉，爬满了虱子。"好一只公牛！角距足足有五十英寸，或者更多一些。肯定更多一些！"他的大脑机械地将这只牛记了下来。他把司机叫来，让司机把一块毯子盖在尸体上，然后守在跟前。接下来，他走到汽车那儿，而那个女人正坐在汽车的角落里哭泣。

"这样也好。"他用一种平淡的声音说，"反正他会离开你的。"

"别说了！"女人说。

"这完全是一次意外的事故。"他仍在说，"这我是知道的。"

"别说了！"女人说。

"别担心。"他又说道，"接下来还会有一连串令人不愉快的事情发生，但我会叫他们拍些照片，验尸的时候会非常有用的。扛枪人和司机也可以提供证词，你肯定不会有事的。"

"别说了！"女人说。

"事情千头万绪，还有许多工作要做呢。"他仍在说，"我得派一辆卡车去湖边发封电报，联系一架飞机接咱们三个去内罗毕。你为什么不用毒药毒死他呢？在英国她们都是这么做的。"

"别说啦！别说啦！别说啦！"女人失声叫了起来。

威尔逊用他那双缺乏感情的蓝眼睛打量着她。

"我的职责算是尽到了。"他说，"起初我有点生气，后来开始喜欢上了你丈夫。"

"天呀，求求你别说啦！"女人说，"求求你别说啦！"

"这样才像回事。"威尔逊说，"这样求人才像回事。现在我就不说了。"

印第安人营地

又有一条小船被拽上了湖岸。两个印第安人站在一旁。

尼克和父亲坐进了小船尾部。印第安人用力一推，把小船推进水中，其中一个跳进去准备划桨。乔治大叔乘的是营地的小船，坐在小船尾部。那个年纪轻的印第安人推营地的船下水，为他执桨。

在一片黑暗中，两条船出发了。浓雾茫茫，尼克听见前边老远的地方另外一条船的桨架发出咯吱咯吱的声响。印第安人划着船桨，又快又猛。尼克躺了下来，父亲用一条胳膊搂着他。水面上寒气逼人。为他们父子划船的那个印第安人倒是挺卖力的，可是另一条船在浓雾里始终领先于他们，越来越远了。

"这是去哪儿，爸爸？"尼克问。

"去印第安人营地。有个印第安妇女病得很厉害。"

"明白了。"尼克说。

到了港湾对面，他们发现另一条船已被拉上了岸。乔治大叔在黑影里抽雪茄。那个年轻的印第安人把小船在沙滩上拖了好一段路。乔治大叔给了两个印第安人每人一根雪茄烟。

大家离开沙滩，穿过一片露水浸湿的草地。年轻的印第安人提着一盏灯在前边引路。后来进了树林，沿着一条羊肠小道前行，而小道通向运木材的大路，大路则通向山间。大路上要亮堂得多，因为两边的树都被砍光了。年轻的印第安人停住脚步，吹灭了灯。大家继续前行。

他们转过一道弯，见一条狗狂吠着跑了过来。前边几间简陋的小屋里亮着灯，那儿住着一些靠剥树皮为生的印第安人。又有几条狗冲了过来。两个印第安人喝退了它们。离道路最近的小屋窗口闪射出一线灯光。一个老妪提着一盏灯等候在门口。

屋里的木床上躺着一个年轻的印第安女子。她在生孩子，已经两天了也没把孩子生下来。营地里的老年妇女纷纷前来照料她，男人们则顺着大路走得远远的，直到听不见她的惨叫声，便坐在黑影里抽烟。尼克以及那两个印第安人随父亲和乔治大叔走进小屋时，正赶上产妇在惨叫。她躺在双层床的下铺，盖着被子，肚子鼓得很大，脑袋偏向一旁。上铺躺着她丈夫。几天前他干活时，斧头掉在脚上，脚伤得很厉害。

此刻，他在抽烟，把屋里弄得烟味很重。

尼克的父亲吩咐把水放到炉子上烧热。在此期间，他跟尼克说了几句话。

"这个妇人要生孩子了，尼克。"他说。

"我知道。"尼克说。

"你并不了解。"父亲说，"我讲给你听。产妇正在经历的阶段叫'分娩'。孩子想从肚子里出来，她也想把孩子生下来，于是肌肉紧绷，用全身力气生孩子。她尖声叫喊，就是因为这种情况的出现。"

"明白了。"尼克说。

他话音未落，产妇又尖叫了一声。

"天呀，爸爸，你就不能给她服点药，让她不要再叫了？"尼克问。

"不行，我没有带麻药。"父亲说，"她叫不叫都没关系。因为没关系，我便都不去听。"

躺在上铺的那个丈夫翻了个身，把脸转向墙壁。

在厨房里忙活的那个女人冲医生（尼克的父亲）做了个手势，表示水已经热了。后者走进厨房，把大壶里的水倒进脸盆，倒了大概有一半的样子。接着，他将包在一块手帕里的几样药物放入大壶剩下的水里。

"这个是需要烧开的。"他叮咛道。然后，他就用盆里的热水以及营地里带来的一块肥皂开始洗手，边洗边搓。尼克在一旁观看，看父亲用肥皂把两只手搓来搓去。父亲洗手洗得很仔细，很彻底，嘴里还说着话。

"要知道，尼克，生小孩应该是头先出来，但例外的情况时有发生。遇到例外的情况，可就麻烦了。这个产妇出现这种情况，恐怕得做手术。等一会儿就知道了。"

待他觉得把手洗干净了，便到产妇那儿准备接生。

"请你把被子掀开好吗，乔治？"他说，"我的手是不能动那被子的。"

随后，接生开始了。乔治大叔和三个印第安男子用力将产妇按住。产妇在乔治大叔的胳膊上咬了一口，气得乔治大叔骂了一声"该死的臭婆娘！"，惹得划船送他过来的那个年轻印第安人大笑了几声。这期间，尼克为父亲端着脸盆。接生接了很长时间。孩子生下来后，父亲将他拎起，在他屁股上拍了一巴掌，让他能够呼吸，最后把他交给了那个老妪。

"你也看到了，尼克，是个男孩。"他说，"让你当这个实习医生，还喜欢吧？"

"还好吧。"尼克说，眼睛却望着别处，因为他不愿看父亲手里正在做的事情。

"好啦，这就可以了。"父亲说着，不知把什么东西放进了脸盆里。

尼克看也没看。

"接下来，"父亲说，"需要缝上几针。你看不看都可以，尼克，随你怎么样吧。我要把割开的口子缝上。"

尼克没有观看那一幕。他的好奇心早已不见了踪影。

父亲将伤口缝合后，直起了身子。乔治大叔和那三个印第安男子也直起了身子。尼克把脸盆端到了厨房。

乔治大叔低头看了看自己的胳膊。那个年轻的印第安人想起刚才的情景，微微一笑。

"我会给你涂点双氧水的，乔治。"医生说。他说完，俯下身子查看印第安产妇的情况。产妇现在安静了下来，双目紧闭，面如死灰。她不知道孩子的状况，对于别的情况也一无所知。

"明天早晨我再过来看看。"医生直起身子说，"中午，会有护士从圣·伊格纳斯赶来，把需要的东西都带过来。"

他心情很好，话也多了起来，就像一个足球运动员赛后回到更衣室里，说起话来滔滔不绝。

"这台手术简直可以上医学杂志了，乔治。"他说，"用一把大折刀做剖腹产手术，缝伤口用的是锥形羊肠线！"

乔治大叔靠着墙根，眼睛望着自己那被咬伤的胳膊。

"是呀，你的确十分了不起。"他说。

"应该看看那个自豪的爸爸。遇到这类事情，他们初为人父，通常忍受的痛苦最大。"医生说，"我得说，这位爸爸实在是能沉得住气。"

说着，他将蒙在那个印第安人头上的毯子一把扯开。这一扯，他觉得手上湿乎乎的。他一手提起灯，踩到下铺的床沿上，查看了一下上铺，只见那个印第安人面朝墙躺着，喉咙已经彻底被割断，血流成河，聚积在他的身体在床上压出来的深窝里。印第安人把头枕在自己的左胳膊上。一把剃刀打开着，刀锋朝上放在毯子上。

"快把尼克带出去，乔治！"医生说。

这已是多此一举了。父亲一手提灯，一手把印第安人的头向后推去时，尼克正站在厨房门口，一览无余地看见了上铺的情况。

父子俩沿着运木材的大路回到湖边时，天已开始放亮。

"都怪我，真不该带你来，尼克。"父亲说。他做完手术后的那种得意劲彻底消失了。"这件事搞得一团糟，都让你看见了。"

"女人生孩子是不是都这么难呢？"尼克问。

"不，这是个例外，一个罕见的例外。"

"他为什么要自杀呢，爸爸？"

"我也不知道，尼克。我想他可能是受不了了。"

"自杀的男人是不是很多呢，爸爸？"

"不太多，尼克。"

"自杀的女人多不多？"

"很罕见。"

"到底有没有呢？"

"哦，有的。她们有时候也会自杀的。"

"爸爸！"

"怎么？"

"乔治大叔去哪儿了？"

"他会过来的。"

"死亡是件很难的事吗？"

"不难。我想是很容易的，尼克。这要看怎么说了。"

父子二人上了船。尼克坐在船尾，父亲划桨。太阳从山后冉冉升起。一条鲈鱼跃出水面，落下来在水中激起了一圈涟漪。尼克把手伸进水里划动着。早晨的空气冷冰冰的，而水是温的。

清晨，坐在船尾行驶在湖面上，有父亲划桨，尼克心情笃定，觉得自己永远也不会死去。

三日狂风

　　尼克拐上了一条贯穿果园的小路。就在这时，雨停了。果子已经摘了，秋风呼呼地在光秃秃的树木间吹着。路边有颗瓦格纳苹果躺在草丛里，由于被雨水洗过而闪着亮光。尼克留住脚步，把它捡起来，放入他那件厚呢短大衣的口袋里。

　　小路出了果园，蜿蜒抵达山头。山头上有座农舍，门廊里空无一人，烟囱里冒着烟。屋后有车库、鸡舍，还有一片二茬树，二茬树像一道藩篱，将后边的林子隔开。放眼望去，只见远处的大树在风中摇晃。这是秋季的第一场风暴。

　　尼克出了果园，穿过一片空地，农舍的房门打开了，比尔走了出来。比尔站在门廊那儿，向这边望着。

"你好，维米奇[1]！"他说。

"你好，比尔！"尼克说，一边抬腿走上了台阶。

二人站在一起，一道向远处眺望，目光越过田野，从果园上方飘过，再经过小路、山脚下的野地以及岬角处的树林，一直望向湖水。狂风卷过湖面，看得到十里岬那儿浪花翻涌。

"在刮大风呢。"尼克说。

"这场风要连着刮三天呢。"比尔说。

"你爸爸在家吗？"尼克问。

"不在。他拿着枪出门了。来，进来吧。"

尼克走进了农舍。壁炉里炉火熊熊。狂风吹来，吹得火呼呼响。比尔急忙关上了门。

"喝一杯吧？"他说。

他转身去了厨房，拿来了两个杯子和一罐水。尼克伸手到壁炉架上取放在那儿的一瓶威士忌。

"可以吗？"他问。

"好的。"比尔说。

二人在炉火前坐下，开始喝掺水的爱尔兰威士忌。

"这酒挺好喝的，有一股烟草味。"尼克一边说，一边透过杯中的酒望着炉火。

---

[1] 尼克的昵称。

"是泥炭味。"比尔说。

"怎么能往酒里加泥炭呢？"尼克说。

"加点泥炭没什么大不了的。"比尔说。

"你见过泥炭吗？"尼克问。

"没见过。"比尔说。

"我也没见过。"尼克说。

他把脚放在炉边，鞋被火烤得冒着蒸汽。

"最好把你的鞋脱掉。"比尔说。

"我没有穿袜子。"

"你把鞋脱下来烤干，我去找双袜子来。"比尔说。他说完就上楼到小阁楼里去了。尼克听到了他在头顶走动的声音。阁楼没有天花板，直接处于屋顶下。比尔父子以及尼克偶尔在里面睡睡觉。阁楼的后部有间更衣室。他们把小床移到雨水淋不着的地方，用橡胶罩子罩严。

比尔拿着一双厚厚的毛袜子走了下来。

"天晚了，不穿袜子走动起来不方便。"他说。

"真不愿穿袜子。"尼克说。他把袜子套到脚上，又一屁股坐回椅子上，将两只脚架在炉火前的防护栏上。

"可别把防护栏弄坏了。"比尔说。尼克听了，急忙将脚移开，放到了壁炉旁。

"有什么书看吗？"他问。

"只有报纸。"

"卡斯队[1]的战况如何？"

"两场都输给了巨人队[2]。"

"原本该赢的呀。"

"拱手把胜利送给了人家。"比尔说，"联合会里有好的球员，麦格劳[3]都会花钱买走，别的队根本没戏可唱。"

"他总不能都买走呀。"尼克说。

"反正他看上谁就买谁。"比尔说，"行不通，他就让球员产生不满情绪，乖乖地归顺于他。"

"海尼·齐姆[4]就是一例。"尼克赞同道。

"那个笨蛋会给他带来许多好处的。"比尔说着站起了身。

"他可以为他得分。"尼克说。炉火的热气把他的腿烤得暖暖的。

"他还是个出色的外野手呢。"比尔说，"不过，他也有输球的时候。"

"麦格劳要他，恐怕正是因为这些。"尼克分析说。

---

[1] 美国圣路易斯市棒球队。

[2] 美国纽约市棒球队。

[3] 巨人队教练。

[4] 巨人队球员。

"也许吧。"比尔同意了他的观点。

"里面肯定还会有更多不可告人的勾当。"尼克说。

"当然喽。不过,咱们远离他们,听到的内幕消息反而更真实。"

"这就跟买赛马票一样,眼睛看不到马,选择时反而更明智。"

"就是这个道理。"

比尔伸手取过酒瓶,一只大手把酒瓶整个握住,把威士忌倒入尼克递过来的酒杯里。

"掺多少水?"

"跟往常一样吧。"

斟完酒,比尔席地而坐,坐在了尼克座椅旁的地板上。

"秋天起风暴还怪好的,是不是?"尼克说。

"是挺不错的。"

"这可是一年中最好的时间段了。"尼克说。

"待在城里可能会很惨吧?"比尔说。

"我很想看世界职业棒球大赛。"尼克说。

"哦,如今这样的赛事老是在纽约或费城举办。"比尔说,"这对咱们没一点好处。"

"不知道卡斯队能不能赢上那么一场。"

"这辈子怕是看不到了。"比尔说。

"可惜，他们会疯掉的。"尼克说。

"还记得火车出事之前他们那种热血沸腾的样子吗？"

"当然记得！"尼克回忆起往事说道。

比尔伸手去拿扣在窗前桌子上的那本书，那是他去开门时放在那儿的。他一手端酒杯，一手拿书，把背靠在尼克的椅子上。

"你在看什么书？"

"《理查德·费福利尔》[1]。"

"这本书我是看不下去的。"

"还好吧。"比尔说，"反正这不是本糟糕的书，维米奇。"

"你这儿有没有别的我没看过的书？"尼克问。

"《森林情侣》[2]你看过没有？"

"看过。书中的主人公每天夜里睡觉，两个人之间都要放一把出鞘的剑。"

"这是本好书，维米奇。"

"是本不错的书。有一点我始终不明白：他们中间放一把剑有什么用处呢？要放你得让剑锋始终朝上才行，因为平着放，你把身子滚过去也不会伤着你的。"

"那是一种象征。"比尔说。

---

[1] 英国作家乔治·梅瑞迪斯的代表作。

[2] 英国作家莫里斯·休利特的长篇小说。

"当然喽。"尼克说,"但那样做没有实际用处。"

"你看过《坚忍不拔》[1]吗?"

"那是本好书。"尼克说,"一本真正的好书。主人公家的老爷子把他看管得够紧的,眼睛就没离开过。沃波尔的书,你还有什么?"

"《阴暗的森林》。"比尔说,"写的是俄罗斯发生的事情。"

"俄罗斯那边的情况他怎么了解呢?"尼克问。

"我也不知道。那些人神通广大,让人搞不清。也许他小的时候在那儿待过吧。反正俄罗斯的内幕他掌握得可真不少。"

"我倒是想见上他一面。"尼克说。

"我想见的作家是切斯特顿[2]。"比尔说。

"真希望他此时就在跟前。"尼克说,"咱们明天可以带他一道去沃伊克斯钓鱼。"

"谁知道他喜不喜欢钓鱼呢。"比尔说。

"当然喜欢。"尼克说,"他一定还是个出类拔萃的钓鱼好手呢。你还记得他写的《飞行客栈》那本书吗?"

---

[1] 英国作家沃波尔的作品。

[2] 英国作家。

天使走出天堂，

赐给你一杯琼浆。

你谢过他的好心肠，

却把琼浆倒入水塘。

"是这样的。"尼克说，"我想他是个好人，人品比沃波尔强。"

"哦，他的确是个挺不错的人。"比尔说，"但沃波尔的作品却胜他一筹。"

"谁知道呢。"尼克说，"反正切斯特顿的东西挺经典。"

"沃波尔的东西也经典。"比尔寸步不让地说。

"希望他俩都能来这儿。"尼克说，"明天带他俩一起去沃伊克斯钓鱼。"

"来喝酒，一醉方休。"比尔说。

"一醉方休。"尼克随声附和说。

"我老爹是不会介意的。"比尔说。

"你敢肯定他不介意？"尼克说。

"我心里有数。"比尔说。

"我都有点醉了。"尼克说。

"你没有醉。"比尔说。

他从地板上站起身，去取那瓶威士忌。尼克把酒杯伸过去。比尔为他斟酒时，他的眼睛盯着杯口。比尔斟酒只斟了半杯。

"你自己掺点水吧。"他说，"剩下的酒只够一杯了。"

"再没有了吗？"尼克问。

"倒是还有许多，但爸爸只让喝已开封了的酒。"

"当然喽。"尼克说。

"他说自己开瓶喝酒，会变成酒鬼的。"比尔解释了一句。

"说得有道理。"尼克说。这让他很有感触。以前他可从未想到过这些。他老觉得一个人喝闷酒才会变成酒鬼。

"你老爹怎么样？"他充满敬意地问。

"还可以吧。"比尔说，"只是偶尔发发脾气。"

"他是个好人呀。"尼克说。他从水壶里往杯子里倒了些水，让水和威士忌酒液慢慢融合在一起。融合后，杯里的酒比水要多一些。

"一点不错，他是个好人。"比尔说。

"我家老爷子也挺好的。"尼克说。

"千真万确，他是个好人。"比尔说。

"他声称自己这辈子滴酒不沾唇。"尼克说，口气就像是在宣布一项科学发现。

"哦，他是个医生嘛，而我老爹是个画家。区别就在这里。"

"他落下的遗憾可真不小。"尼克忧伤地说。

"仁者见仁,智者见智。"比尔说,"各有利弊吧。"

"他自己说落下了很大的遗憾。"尼克推心置腹地说。

"唉,当爸爸的都不容易呀。"比尔说。

"各人有各人难念的经。"尼克说。

他们坐在那儿,眼睛望着火,心里想着这条深奥的道理。

"我去后门廊取点木柴来。"尼克说。他在往火里望时,注意到火快熄灭了。同时,他想显示自己酒量大,没有喝糊涂。虽说他父亲滴酒不沾唇,可他并不是想灌醉就能灌醉的。

"那就把山毛榉木柴拿一大块来吧。"比尔说。听得出来,他也想显示出自己没有喝糊涂。

尼克抱着木柴进了屋,经过厨房时,不小心将厨房桌子上的一只平底锅碰到了地上。他把木柴放下,捡起了平底锅。锅里原来盛着杏干,用水浸泡着。他小心翼翼地将掉在地上的杏干一一捡起。有几个杏干滚到了炉子底下。然后,他把杏干放回锅里,从桌旁的桶里舀了些水浸泡。他很为自己感到得意,因为他没有喝醉,头脑十分清醒。

见他抱着木柴走进屋,比尔急忙从椅子上站起,帮着他将木柴加进火里。

"这么一大段木头真棒。"尼克说。

"一直留着呢,留着天气变坏时烧。"比尔说。

"这么一段木柴能烧一整夜。"

"烧剩下来的木炭在早晨还可以用来生火。"尼克说。

"一点不错。"比尔赞同地说。

二人越说越投机。

"再喝上一杯吧。"尼克说。

"柜子里可能还有瓶开了的酒呢。"比尔说。

他走到墙角那儿的柜子前，跪在地上，取出一个方形的酒瓶来。

"这是苏格兰威士忌。"他说。

"我再去弄些水来。"尼克说。说完，他又去了厨房，用水瓢从桶里舀出冰凉的泉水，把水壶灌满。回客厅的路上经过餐厅里的一面镜子，他顺便照了照，发现自己的脸怪怪的。他朝镜中那张脸笑笑，那张脸也冲他笑笑。随后，他对着它挤了挤眼，就又朝前走了。他觉得那好像就不是他的脸。不过，他才不管那是不是他的脸呢。

此时，比尔已经把酒斟好。

"好大一杯酒，怪吓人的。"尼克说。

"这对咱俩来说不在话下，维米奇。"比尔说。

"这次为什么干杯呢？"尼克举杯在手，问了一声。

"就为钓鱼干杯吧。"比尔说。

"好吧。"尼克说，"诸位，我提议为钓鱼干杯！"

"为钓鱼干杯！"比尔说，"祝处处钓鱼都成功！"

"干杯！"尼克说，"为钓鱼干杯！"

"这总比为棒球干杯强。"比尔说。

"这中间没什么可比性。"尼克说，"不明白咱们刚才为什么要对棒球大谈特谈呢？"

"那叫大错特错。"比尔说，"棒球是下等人的运动。"

二人一仰脖子，干光了杯子里的酒。

"接下来该为切斯特顿干杯了。"

"还有沃波尔。"尼克插嘴说。

尼克斟酒，比尔往酒里掺水。二人你看看我，我看看你，感觉好极了。

"诸位，"比尔说，"我提议为切斯特顿和沃波尔干杯！"

"干杯，诸位！"尼克说。

二人一饮而尽。比尔又把酒斟满。随后，他们在火炉前的大椅子上坐了下来。

"你是非常明智的，维米奇。"比尔说。

"此话怎讲？"尼克问。

"就是了结掉和玛姬的那段感情呗[1]。"比尔说。

"我想是吧。"尼克说。

---

[1] 参见海明威另一短篇小说《了却一段情》。

"只能来个快刀斩乱麻了。假如当初你优柔寡断，那么现在你就得回家埋头苦干，攒钱结婚喽。"

尼克没吭气。

"男人结了婚就等于跳进了火坑。"比尔继续侃侃而谈，"他会一无所有，丧失掉一切，狗屁都不会给他剩下。一句话：完啦！你也见过结过婚的男人最后的下场。"

尼克一言不发。

"从外表就能看出哪些是已婚男子。"比尔说，"他们有着已婚男子那种傻呆呆的表情，一种不能自拔的表情。"

"的确如此。"尼克说。

"一刀两断，也许会难过一时。"比尔说，"不过，天涯何处无芳草！旧情会忘掉的。有了新欢，也不要让她们断送掉你。"

"是呀。"尼克说。

"娶了一个女人，就是娶了她全家。别忘了她是有妈妈的，还有她妈妈嫁的那个家伙。"

尼克点了点头。

"想想看，那一家子会在你家团团转。星期天，你到她娘家吃饭，而她娘家的人也会来你家聚餐。你岳母会给玛姬出各种各样的馊主意，颐指气使的。"

尼克一声不响地坐着。

"你及时脱身不失为上策。"比尔说,"她可以嫁个跟她气味相投的人嘛,安安心心过她的小日子呗。鱼找鱼虾找虾,油和水是不能掺和在一起的,就像我不能和为斯特拉顿家干活的艾达成为并蒂莲。艾达倒是很愿意跟我喜结连理呢。"

尼克没有作声。此时他酒意全消,倍感孤独,仿佛比尔不在跟前,仿佛他不是坐在火炉前边,仿佛根本没有明天要跟比尔父子去垂钓那档子事。他没有喝醉,心里空荡荡的。他只知道自己曾经拥有过马乔里[1],后来失去了她。她走了,是他把她打发走的。这才是问题的关键之处。他再也见不到她了,恐怕今生今世也见不到了。所有恩怨都已成为过去。

"再来一杯吧。"尼克说。

比尔把酒斟上,尼克加了些水进去。

"假如你当初走了那条道,咱们今日就不能在此相聚了。"比尔说。

这倒是真的。他最初的计划是回老家找个活干。后来他又打算去沙勒沃伊待上一个冬天,守在玛姬身旁。而现在他心乱如麻,都不知道该如何是好了。

"那一来,就连明天钓鱼恐怕也去不成了。"比尔说,"你做出了正确选择,这一点无可厚非。"

---

[1] 玛姬的昵称。

"我那样也是迫不得已呀。"尼克说。

"这我清楚。事情只能如此。"比尔说。

"眨眼之间,一切都消失了。"尼克说,"我对此都理不出个头绪来了。当时,身不由己就那样做了。就好像当下刮了三日的狂风,树上的叶子都被吹掉了。"

"哦,过去的均已过去。这是问题的关键。"比尔说。

"过错在我身上。"尼克说。

"孰是孰非是没有任何关系的。"比尔说。

"我觉得还是有关系的。"比尔说。

马乔里走了,今生今世恐怕再也见不到她了,这可是件不容忽视的大事。他曾经信誓旦旦,说要和她一道去意大利游玩,说他们一定会度过一段快乐的时光。他还说要和她一起去别的地方观光。如今,这一切都无法实现了。

"了结了一件麻烦事,这才是至关紧要的。"比尔说,"说真的,维米奇,我那时实在为你捏把汗呢。你那样做是正确的。听说她妈妈气得要发疯。她逢人便讲,说你们俩已经订了婚呢。"

"我们没订婚。"尼克说。

"街坊里传得沸沸扬扬,说你们订婚了。"

"他们那样说,我也没办法。"尼克说,"我们的确没订婚。"

"你们有没有打算，准备结婚呢？"比尔问。

"有，但我们没订婚。"尼克说。

"那又有什么区别呢？"比尔反问道，就像依法断案一样。

"说不清。但区别是有的。"

"我实在看不出来。"比尔说。

"算啦。"尼克说，"还是喝酒吧，喝他个烂醉。"

"好。"比尔说，"那咱们就喝个烂醉。"

"来，喝个痛快，然后游泳去。"尼克说。

他说完喝光了杯子里的酒。

"对于她，我内疚得要命。可我又有什么办法呢？"他说，"你也知道她妈妈是个母老虎！"

"是个非常可怕的母老虎！"比尔说。

"突然之间一切都过去了。"尼克说，"我真不该旧事重提。"

"不是你旧事重提，"比尔说，"是我提起了那件往事。就此打住，从今往后谁也不要再提它了。你可不要把这件事挂在心上，否则你又会陷入痛苦的旋涡。"

尼克在这之前没有再想此事，因为覆水难收，事情已无法挽回。比尔的观点让他感觉好了些。

"的确如此。"他说，"的确有这种危险。"

　　他的心情又好了起来。看来，世界上没有改变不了的局面。星期六晚上，他可以进城去散散心。今天已经是星期四了。

　　"机会总是会有的。"他说。

　　"你自己得去寻找。"比尔说。

　　"我会留心的。"他说。

　　他感到很高兴，觉得自己并没有走上绝路，并没有失去什么。星期六他一定要进城去放松放松。他的一颗心顿时觉得轻快了，就跟比尔未提及此事之前一样轻快。活人哪能让尿憋死，出路总是会有的。

　　"走，咱们拿上枪到岬角那儿找你老爹去。"他说。

　　"好的。"

　　比尔说完，从墙上的枪架上取下两支猎枪，把子弹盒打开取出子弹。尼克穿上了他那件厚呢短大衣，把鞋蹬在脚上。他的鞋已烤干，变得硬邦邦的。他仍然醉醺醺的，但大脑却是清晰的。

　　"你感觉怎么样？"他问道。

　　"感觉很好。只是有一点醉意罢了。"比尔一边扣毛衣上的扣子，一边回答说。

　　"喝得酩酊大醉绝对没有好处。"

　　"是的。该去外边透透气。"

二人走到门外。外边狂风大作，刮得正紧。

"看这风势，鸟儿会躲进草丛里的。"尼克说。

他们走下山，朝着果园走去。

"今天早晨我看见了一只丘鹬。"比尔说。

"也许咱们会撞上它呢。"尼克说。

"这么大的风，开枪是打不准的。"比尔说。

到了户外，关于玛姬那件事好像就不再那么惨了，甚至显得无关紧要了。狂风把一切烦恼都吹得无影无踪了。

"这风是从大湖那边刮过来的。"尼克说。

逆着风向，他们听见了砰的一声枪响。

"是我老爹。"比尔说，"他在山下的沼泽地那边。"

"走，咱们到那边去。"尼克说。

"咱们走草地穿过去，看能不能撞上什么猎物。"比尔说。

"好的。"尼克说。

往事已经无关紧要了。狂风吹走了他心里的忧愁。星期六晚上他可以进城乐一乐。事情经常会峰回路转、柳暗花明的。

父亲们和儿子们

城市通衢大道的中央竖着一面牌子，要车辆绕行，可是汽车却公然不顾，偏要直直穿过去。据此，尼古拉斯·亚当斯认为那儿曾经修路，现已修完，于是也就沿着那条空荡荡、砖砌的大街把车子朝前开去，穿城而过。星期天车辆少，红绿灯却换来换去，他只好走走停停。政府财政要是支付不起这套指示灯系统，这红绿灯明年可就亮不起来了。小城的树木郁郁葱葱，遮在道路两旁。你要是当地人，在树下散散步，倒是蛮可心的，但外地人则不然，他会觉得树荫太浓，挡住阳光，屋里难免受潮。尼古拉斯·亚当斯驾车驶过最后一幢房屋，驶上了一起一伏向前延伸的公路，红土路堤修得平平整整，两旁排列着新培育出的树苗。此处不是他的家乡，但时值仲秋，满眼秋色，开车路过倒也赏心悦目。地里的棉花已摘完，空地上种了一片片玉米，有的玉米地块之间还种了几排红高粱。汽车行驶得很顺当；儿子在身旁的座位上熟睡着；一天的行程已经结束；对于歇宿的那座城市他是很熟悉的。在这种情况下，尼克[1]看着景色，留意着哪块玉米地里夹杂着黄豆或豌豆，留意着林子和垦地的布局，留意着小木屋和住宅在田头及林间的分布情况，一路行驶一路想象着如何在这一带打猎；每每驶过一片林间空地，他都要在心里做个评估，看猎物会在哪儿觅食和筑巢，看在何处能发现鸟群，看它们会朝哪个方向飞。

猎杀鹌鹑时，猎犬一旦发现它们，你可千万别挡住它们的归巢之路，否则，它们会一哄而起，直直地向你冲来，有的直飞高空，有的则嗖嗖地从你耳边掠过，呼呼带着风声，身影和它们在空中相比显得无比巨大。唯一的办法就是背过身去，让它们从你的肩头飞过，待它们收翅，眼看就要入林时，你就开枪。在这种地区打鹌鹑的方法是他父亲教给他的。此时此刻，尼古拉斯·亚当斯不由思念起了自己的慈父。一想到慈父，必然会想起那双眼睛。父亲身材魁梧，动作敏捷，宽肩膀、鹰钩鼻，尖瘦的下巴上留着一把胡子——可是，总是令他难以忘怀的是那双眼睛。那双眼睛遮在两道

[1] 尼古拉斯的简称。

浓眉下，深深嵌在头颅里，好像一种稀世珍宝以这样的布局受到了特殊保护。这双眼睛比任何人的眼睛都要看得远，目光都要敏锐得多，是上天赐给父亲的珍贵礼物。实际上，父亲的双眼敏锐如巨角山羊之眼，如雄鹰之眼。

当年他和父亲站在湖岸边（那时，他的眼力是非常好的），父亲常对他说："对面把旗子升起来了。"尼克却怎么看也看不见旗子，也看不见旗杆。接下来，父亲又会说道："那是你妹妹多萝西升的。她把旗子升起，现在在朝码头上走。"

尼克向湖对岸望去，可以看见林木葱茏的长长的湖岸线以及背后的那些参天大树，能看见护卫着湖湾的岬角，看得见田间轮廓清晰的山丘和他们家树影婆娑的白色房子，但就是看不见任何旗杆或码头，所见的只是白色的沙滩和弯曲的湖岸。

"你能看见岬角那边山坡上的羊群吗？"

"看得见。"

它们看上去只是灰绿色山丘上的几个白点而已。

"我能数清有几只。"

跟所有具备超常能力的人一样，父亲是很神经质的。而且，他还喜欢感情用事——和大多数感情用事的人一样，他能狠下心来，却也常常受人欺负。另外，他老是厄运缠身，而有些厄运并非他自己招来的。他是因为一个圈套丧的命（这个圈套也有他自己作恶的成分在里边）——那些家伙在他生前曾耍出各种花样欺骗他。感情用事的人老是被人欺骗。尼克目前还不能写东西纪念他，不过以后会写的。只是看见眼前这片鹌鹑狩猎地，他触景生情，想起了父亲而已。他小的时候，尤其感谢父亲的有两点：钓鱼和打猎。父亲对这两件事是行家里手，对两性方面的事见解却不高明（只是举例而已），这种状况倒是让尼克挺高兴的。当他需要拥有枪和使用枪的时候，正是父亲给了他第一支猎枪，给他提供了开枪的机会；当他需要学打猎和钓鱼的时候，正是父亲给了他一个家园，那儿有猎物可打，有鱼可钓。如今他三十八岁，仍喜欢钓鱼和打猎，热情不下于当年第一次跟随父亲去钓鱼、打猎时。这是一种激情，一种从未消减过的激情。他对父亲心存十二分的感激，因为正是父亲让他尝到了甜头。

至于另一件事，也就是父亲的见解不太高明的那件事，每个人生来都已具备了先决条件，自然而然都会无师自通，不管住在何处都是无所谓的。关于这些，父亲只给他提供过两点知识，至今他仍记忆犹新。一次父子二人出猎，尼克一枪打中了铁杉树上的一只红松鼠。松鼠受伤落地。尼克过去将它捡起，而它结结实实一口咬在了尼克的拇指肚上。

"你这个可恶的小 bugger[1]！"尼克骂道，砰地把松鼠的脑袋在树上磕了一下，"看它把我咬的。"

父亲瞧了瞧伤口说："用嘴把流出来的血吸干净，回家后涂点碘酒。"

"这个小 bugger 真可恶！"尼克说。

"你知道 bugger 是什么意思吗？"父亲问。

"这是我们小孩骂人用的。"

"bugger 是指与兽类性交的人。"

"为什么要和兽类性交？"尼克问。

"我也不知道。"父亲说，"这是一种十恶不赦的罪过。"

尼克因此胡思乱想了一通，心里觉得怪可怕的。他想到了各种各样的动物，觉得没有一种是具有吸引力的，好像都不切实际。除了这件事，另一件事父亲也发表过看法，这就是父亲直接传授给他的全部性方面的知识了。

一天上午，他在报上看见恩里科·卡罗素因 mashing[2] 罪而遭到了逮捕，于是便问父亲："mashing 是什么意思？"

"是一种十恶不赦的罪过。"父亲回答。

尼克的脑海里出现了那个著名男歌唱家的身影，见他用捣土豆泥的棒杵抡向一个漂亮女子（该女子长得像雪茄盒里

---

[1] 英语。意为"兽奸犯"。
[2] 英语。意为"捣碎""性骚扰"。

安娜·海尔德[1]的画像），行为古怪、可怕。他心里怕得不得了，但他决定在自己长大后也至少要来那么一次 mashing。

在总结这类事情时，父亲说自淫会导致眼盲、精神错乱和死亡，而嫖娼则会染上肮脏的花柳病，所以不应该胡来。再说说父亲的眼睛，那样的好眼力尼克从来没见过。尼克非常爱他，这种爱长久不衰。如今，过去的事如在眼前，他甚至能记起横祸飞来之前的那段早期岁月，心里不由五味杂陈。如果用笔将其写出来，倒是可以吐出心中的块垒。对于许多事情他都是如此，以笔排解忧愁。可是，要写出此事的来龙去脉，还为时过早。这会牵扯到很多人。于是，他决定暂时搁置不提。对于父亲的事他无能为力，往事他千思万想，不知想了有多少遍。父亲死后，那个殡葬承办人为父亲整理遗容，干得一手好活，这幅情景仍清晰地留在他心里，其他场景也历历在目，自己当时承担的责任他也记得很清楚。他对殡葬承办人说了些美言美语，后者听了极为高兴，面露得意之色。不过，父亲的遗容并不是由殡葬承办人定型的，殡葬承办人只不过描了几笔整理了一下而已，其艺术价值有待商榷。父亲的面容早已定型，此事由来已久。在近三年，定型的速度更为快速。这件事很有写头，只是许多事中人仍活

---

[1] 法国籍波兰女歌唱家。

在世上，不便动笔。

　　在人生的启蒙阶段，尼克的大课堂就是印第安营地后边的那片铁杉林。从他们家有一条小道通往林子，穿过林子就是农田，再走上一条弯弯曲曲的路，经过荒地就可抵达印第安营地。此时，他真想再光着脚走一走那条小道，再感受感受。记得家宅后的铁杉林里松针铺地，倒地的树木已化为木头碎末，有的树杈遭电击裂开，长长的，一条一条挂在树上，看似标枪。小溪上搭着一根原木当作桥，过桥时一脚踏空，就会踏进沼泽地黑黑的淤泥里。翻过一道栅栏就出了林子，田间小道被太阳晒得发硬，处处可见草茬、酸模草和天蕊花。左侧有一片泥塘水，是溪水泛滥时灌入造成的，在缓慢流动，那儿是喧鸹的觅食地。瞭望棚就建在溪畔。粪棚里既有还冒着热气的新鲜牲口粪，也有陈粪，陈粪顶端已经干得结成了块。再翻过一道栅栏，走完从粪棚到住宅那条坚硬、烫脚的小路，然后就是一条热烘烘的沙土路，一直通向林子，中间跨过一条小溪（这条小溪是有桥的），溪畔生长着猫尾草。夜间叉鱼，你可以把这猫尾草浸透煤油，点着当杰克灯[1]用。

　　大路擦着林子向左拐，蜿蜒翻过山头。进林子走的是一条宽宽的板岩土路，在树荫下倒是凉爽——此路之所以拓宽

----

[1] 万圣节的吉祥灯。

是为了便于将印第安人剥下的铁杉树皮外运。铁杉树皮堆积如山，排成一长列一长列的，上面搭了些铁杉树皮为盖，看上去像一座座房屋。剥光了皮的树身巨大、发黄，乱扔在伐木原场地，就这么躺在林子里烂掉，甚至连树梢都懒得砍，懒得烧。他们要的只是树皮，把树皮卖给博因城的制革厂。冬天湖上结冰，他们将树皮源源不断拖过湖去。树林逐年减少，荒地一年年扩大，空旷、炎热，没有树荫，杂草丛生。

不过，当时的森林还是挺大的，并且是原始森林，那些树都是蹿得很高了才分出枝杈。森林里没有灌木，走进去脚下踩的是棕色的松针地，洁净，富于弹性。大热天，森林里凉爽宜人，他们三个背靠一棵铁杉树的树身席地而坐——那棵树之粗，比两张床并起来还要宽，树梢间微风习习，斑驳的阳光洒进来已有了几分凉意。只听比利开口说了话：

"你又想要特鲁迪啦？"

"你想了吗，特鲁迪？"

"这个嘛……"

"咱们走开吧。"

"不行，就在这里吧。"

"可是，比利在……"

"我不在乎比利在跟前。他是我哥哥嘛。"

一番对话后，三个人坐在那儿听见一只黑松鼠叫了一声，那松鼠在顶梢的枝头，眼睛看不见。他们等待着，等着松鼠再发出叫声。松鼠一叫就会翘尾巴，尼克看见动静就开枪。每天打猎，父亲只给他三发子弹。他有自己的猎枪，是单管的二十口径的猎枪，枪管非常长。

"那龟儿子一动不动。"比利说。

"你先开一枪吓吓它，尼基[1]。看见它一跳动，你就补一枪。"特鲁迪说。她说话很少说这么长的句子。

"我只有两发子弹了。"尼克说。

"那个龟儿子。"比利又骂了一声。

他们三个背靠大树坐着，一时谁也没说话。尼克觉得有点空落落的，心情却是高兴的。

"埃迪放出话，说哪天夜里他要来跟你妹妹多萝西睡上一觉。"

"什么？"

"他就是这么说的。"

特鲁迪点点头。

"他的确想这么做。"她说。埃迪是她和比利异母同父的哥哥，今年十七岁。

"只要埃迪·吉尔比夜里敢来，哪怕是对多萝西说上一

---

[1] 尼古拉斯的昵称。

句话,你们知道我会把他怎么样吗?我会像这样一枪崩了他。"尼克说完枪口一斜,几乎连瞄准也没有就扣动了扳机,仿佛一枪打在了埃迪·吉尔比那个杂种的头上或肚子上,留下了一个能塞进去拳头的大窟窿,"就像这样。我会这么一枪崩了他。"

"他还是别来的好。"特鲁迪说完,把一只手伸进了尼克的口袋。

"最好叫他小心点。"比利说。

"他就喜欢吹牛。"特鲁迪一边说一边用手在尼克的口袋里摸索着,"你可别杀了他,那会惹上大祸的。"

"我会就这么一枪崩了他的。"尼克说。那架势就好像埃迪·吉尔比中枪倒地,胸口被打了个稀巴烂,而尼克得意扬扬地把一只脚踩在他身上一样。

"我还要剥下他的头皮。"他兴高采烈地说。

"别那样。"特鲁迪说,"那多脏呀。"

"我剥下他的头皮,送给他妈妈。"

"他妈妈早死了。"特鲁迪说,"求你别杀他,尼基。看在我的面上,求你别杀他。"

"剥下他的头皮,把他的尸体喂野狗。"

比利听了脸色沉下来。"他最好还是小心点。"他闷闷不乐地说。

"野狗会把他撕成碎片的。"尼克说。他为自己想象出的情景颇感得意——他把那个王八蛋剥了头皮,看着野狗将其撕成碎片,面不改色。突然,他朝后一倒靠在了树身上,脖子被人搂得紧紧的。原来是特鲁迪抱住了他的脖子,让他透不过气来,嘴里哭叫着:"求你别杀他!求你别杀他!求你别杀他!别杀他!别杀他!别杀他!求你啦,尼基!求你啦,尼基!求你啦,尼基!"

"你这是怎么啦?"

"求你别杀他。"

"我非杀不可。"

"他只不过喜欢吹吹牛罢了。"

"那好吧。"尼基说,"他只要不来我家,我不杀他就是了。你松开手吧。"

"这样就好。"特鲁迪说,"你想不想现在干上一次呢?我现在有情绪了。"

"只要比利走开就行。"尼克说。他原来要杀埃迪·吉尔比,后来又饶他不死,一下子他觉得自己成了个顶天立地的男子汉。

"你走开,比利。你怎么老缠在这里。快走开。"

"你个龟儿子。"比利说,"让人烦死啦。来这里到底是干什么的?来打猎还是干什么的?"

"你可以把枪拿走。还剩下一发子弹。"

"那好吧。我一定能打到一只又大又黑的松鼠。"

"过一会儿我喊你。"尼克说。

之后过了很长时间，比利仍没有露面。

"你看咱们会不会生出个孩子来？"特鲁迪蜷起两条棕色的腿，一脸的快活，小鸟依人地偎在他身上。尼克似有心事，显得心不在焉。

"我看不会的。"他说。

"生上一大堆孩子，那才好呢。"

这时，他们听到了比利的枪声。

"不知他打中了没有。"

"别操那份心了。"特鲁迪说。

说话间，就见比利穿过林子走了过来，肩上扛着猎枪，手里抓住一只黑松鼠的前爪把它拎着。

"瞧。"他说，"个头比猫还大。你们俩干完了吧？"

"你是在哪儿打到的？"

"就在那边。看见它跳动，我就开了枪。"

"该回家去了。"尼克说。

"还不该呢。"特鲁迪说。

"我得赶回家吃晚饭呢。"

"那好吧。"

"明天还想来打猎吗？"

"好吧。"

"你们可以把松鼠拿回去。"

"好吧。"

"晚饭后还出来吗？"

"不了。"

"你感觉怎样？"

"好着呢。"

"那就好。"

"在我脸上亲亲。"特鲁迪说。

从过去回到现实中，尼克正驾车行驶在公路上。天色渐渐变黑。对于父亲的事，他已不再苦思冥想了。每当白日将近，他都会把父亲的事搁下不想。天擦黑的时候他沉浸在一个人的世界里，一胡思乱想就感到浑身不舒服。每至秋天或初春，慈父的身影都会频频出现在他的脑海。这种季节，小鹬飞临大草原，看得到玉米秆束成捆堆在那里，看得到波光粼粼的湖水，看得到马车，看得到大雁飞行，听得见大雁鸣叫，可以隐身于芦苇丛中打野鸭；记得在一个大雪天，一只老鹰从空中俯冲下来抓帆布篷里的诱鸟，拍翅飞起时，爪子缠在了帆布上——这一幕幕情景都会令他想起自己的父亲。只要走进空无一人的果园，只要踏上刚刚犁过的土地，只要步入小树林，只要攀上山丘或者踏过满地枯草，每当劈柴、取水时，每当走过磨坊、榨苹果汁的作坊、水坝，特别是看到篝火时，父亲的形象总会浮现在他眼前。他所住过的城市并非为他的父亲所熟悉，因为他十五岁时便离开家门，没再和父亲生活在一起。

在寒冷的天气里，父亲的胡子上会结霜，而热天他则大汗淋漓。他喜欢顶着太阳在地里干活，这倒不是说他不得不这样做，而是因为他喜欢干体力活。尼克则不然，他不喜欢干体力活。他爱父亲，却不爱闻他身上的气味。一次，父亲的一件内衣穿在身上太小了，让他穿，衣服上的气味让他感到恶心，于是他脱下来投入溪水中，在上面压了两块石头，回家说衣服丢了。父亲让他穿这件衣服的时候，他就说过上面有气味，父亲却说是才洗过的（此话是真的）。他让父亲自己闻闻，父亲生气地拿过去闻了闻，强调说衣服是干净的，没有气味。他钓鱼回来不见了衣服，声称弄丢了。父亲疑他撒谎，抽了他几鞭子。

事后，他坐在柴房里，敞开着门，给猎枪上了子弹，打开保险，眼睛望着在装了纱窗的阳台上看报的父亲，暗自思忖："我一枪就可以送他见阎王，要了他的命。"后来，他气消了的时候，想起猎枪还是父亲给他买的，不由心里感到一阵难过。随即，他摸黑走到了印第安人营地，想摆脱那股气味。家里，只有一个人的气味他爱闻，那就是妹妹的气味。其他人他能躲开就躲开。待他抽上了烟，嗅觉也随之变得迟钝了。这倒是件好事。捕鸟的猎犬有灵敏的嗅觉是好事，而人的嗅觉过于灵敏了不一定好。

"爸爸，你小的时候和印第安人一起去打猎是怎么打的呀？"

"我也说不好。"尼克吃了一惊。他耽于遐想，甚至没注意到儿子已经醒了，不由看了看坐在身旁座位上的儿子。他刚才感到自己是孤身一人，其实儿子就在跟前。不知这种状况持续了多长时间。"我们常常去打黑松鼠，一打就是一天。"他说，"我父亲一天只给我三发子弹。他说这会让我精于打猎，说小孩子乱开枪是成不了器的。跟我一道打猎的有个男孩叫比利·吉尔比以及他的妹妹特鲁迪。一年夏天，我们几乎天天都去。"

"印第安人起这样的名字，听上去怪怪的。"

"是呀，是有些。"尼克说。

"给我讲讲他们是怎样的人。"

"他们是奥吉布瓦族人，"尼克说，"是些非常好的人。"

"跟他们在一起，你觉得他们是怎样一种情况？"

"难以说清。"尼克·亚当斯说。难道能跟儿子讲起她让他初尝到的欢愉吗？难道能讲那两条丰满的棕腿、平平的肚皮、坚挺的小乳房、搂得紧紧的胳膊、急速伸来伸去的舌头、单纯的眼以及味道甜美的嘴吗？难道能讲那种涩涩的、紧紧的，却又美美的、湿湿的（有点紧，有点疼，有点胀）感觉吗？那种感觉绵长，似乎永无止境，后来却戛然而止。有只大鸟在林子里起飞，飞起来就像日暮时分的猫头鹰，只不过当时仍是大白天，铁杉树的针叶贴在肚皮上。你只要去印第安人住过的地方，便可以嗅到他们留下的气味——空酒瓶子以及嗡嗡叫的苍蝇，这些都压不住香草味、炊烟味以及一种类似刚刚剥下的貂皮散发出的气味。不管世人怎样取笑他们，不管他们如何没落，那种感觉是消除不了的。不管他们身上好闻还是难闻，不管他们结局如何，这种感觉依旧。他们结局如何并不重要，反正都免不了走下坡路——昔日状况良好，今日好景不再。

再说说打猎吧。你打下一只飞鸟，如同打下天上所有的飞鸟。飞鸟固然形形色色，飞翔的姿势也各不相同，但是打第一只鸟和打最后一只鸟，那种激动的心情是不变的。他接受这样的启蒙教育，得归功于他的父亲。

"初见面，你也许不会喜欢他们。"尼克对儿子说，"但以后你一定会的。"

"爷爷小的时候也要和他们生活在一起，是不是？"

"是的。我曾经问他印第安人怎么样，他说他在印第安人中有许多朋友。"

"将来我是不是也要和他们住在一起？"

"这我就不知道了。"尼克说，"这得取决于你。"

"我长到多大才能有杆猎枪自己去打猎？"

"如果小心别出事，十二岁就可以了吧。

"真希望我现在就十二岁了。"

"你很快就会如愿的。"

"爷爷是怎样一个人？我记不清他了，只记得那次从法国回来，他给过我一支气枪和一面美国旗。他是怎样一个人呢？"

"很难形容。他是个神枪手，钓鱼钓得好，眼力极好。"

"难道他比你还棒吗？"

"他的枪法要神得多了。他的父亲也是个打飞鸟的神枪手。"

"我敢打赌，他肯定不如你。"

"哦，还是他强些。他打枪出手快，百发百中。看他射击比看任何人都过瘾。对于我的枪法，他总是很不满意。"

"为什么咱们从来没去给爷爷上过坟？"

"天各一方，住的地方距离太远了。"

"在法国这就不是个问题。法国人都是去上坟的。我觉得应该去给爷爷上上坟。"

"找个时间去吧。"

"但愿咱们不会住得天各一方，那样你死了以后，弄得我给你上不了坟。"

"此事可以从长计议。"

"你不觉得家里人死了都应该埋在一个比较方便的地方吗？可以埋在法国嘛。那多好呀。"

"我不想被埋在法国。"尼克说。

"哦，那就在美国国内找块方便的墓地吧。能不能都埋在牧场上呢？"

"这想法不错。"

"这样，在去牧场的路上，我就可以顺便为爷爷上坟了。"

"你想得挺周到的。"

"哦，一次坟也没给爷爷上过，总觉得不舒服。"

"会去的。"尼克说，"放心吧，咱们一定去。"